死ぬまでにしたい10のこと

初めて人生を愛することを知った女性の感動の物語

ナンシー・キンケイド
和田まゆ子［訳］

祥伝社文庫

死ぬまでにしたい10のこと●目次

死ぬまでにしたい10のこと

「靴以外すべて脱《ぬ》いでください。場所はあそこです」

看護師が、緑の病院用ガウンを渡した。

ベリンダは、カウボーイブーツで立っている年配の男の横を通り過ぎた。彼の緑のガウンは首の紐《ひも》は結ばれているが、下はそのままなので、後ろが丸見えだった。ありがたいことに、彼は下着のパンツは着《つ》けたままだった。人に全部脱げと言うのなら、全員に全部脱がせるべきだ、とベリンダは思った。彼女は細く、ガウンは、巻くと二重になった。彼女は紐を蝶結びにした。

「服と所持品はすべて、この袋に入れてください」

彼女が戻ると、看護師が言った。

「それから、壁に沿《そ》って座ってください」

折りたたみ椅子《いす》が七脚並んでいた。六脚は、年取った男たちが占《し》めていた。ベリンダは空《あ》いている椅子に座った。私は二十三歳。彼女は心の中で言った。それなのに、こんなじいさんばっかりの日に呼び出したりするなんて。

「腸に問題があるのかい?」

ピンク色の顔をした男が、隣の黒人の男に尋ねた。

「胃だよ。こいつが一日中調子悪くて、ゴロゴロするばっかりなんだよ」

「私は腸。腸が悪くて」

ベリンダは、この年取った男たち、あまりに情けなく、ガウンの紐をきちんと結んでいるのは半分もいないような面々と一緒に座っていたくはなかった。彼女もガウンの下は素っ裸だ。それをこの人たちが知る必要はないが。

彼女は爪をじっと見つめながら座っていた。爪は紙のように薄《うす》く、もろい。蚊《か》に刺《さ》されたのを強くかいただけで、すぐに割《わ》れてしまう。爪ばさみを出し、手入れをしようと思っているのだが、しようと思っていることの半分と同じく、まだできていなかった。ときどき、何とかしようと思いつつもしてないことを考えると、気分が悪くなった。

この男たちは、いつ死んでもいいほど年を取っている。彼女は思った。でも、私はまだ二十三。彼女は爪の端《はし》を噛《か》んで裂《さ》き始めた。

彼女は、X線は痛《いた》いのだろうかと考えた。「浣腸液で映画を作るようなもの」と医者は言っていた。あの人は、私が馬鹿か何かだと思っているのだろうか？

本革風の靴の中で、ベリンダの足が汗ばんだ。レントゲン室に入って靴を脱いだら、足は天まで届くほどにおうことだろう。

ベリンダは列に目を向け、足をむき出しにしている男たちを見た。黒人の男は、靴下なしで、靴紐のない靴を履《は》いていた。一人はスリッパを履いていた。隣にいる小柄なピンク色の男といえば、足一本あたり十二本の毛もない。かろうじて生《は》えている毛は、長さ一インチで、曲がったアンテナのワイヤーのように飛び出していた。

「あんた方みたいに、馬鹿な格好をしてないといいんだが」

カウボーイブーツの男が言った。

「あ、あなたじゃないですよ」

彼はベリンダに会釈《えしやく》した。

「だけど、それ以外の俺たちのなりと言ったら、ひどいもんだ」

「こんなものを着てここに座るんだって聞かされてたら、もうちょっと考えたのにさ」

黒人の男が言った。

「もっとましな靴下を穿《は》いたのに」

端の男が、足を空に突《つ》き出し、両方とも白地ではあるが、ふちの色が、片方は赤、もう片方は緑というちぐはぐな靴下を穿いているのを見せて言った。

「ここに来てから、ずっと座りっぱなしだ。それ以外何もしてない」

黒人の男が言った。

「どのくらい待ってるんですか」

ベリンダが聞いた。

「もうたくさんてくらいさ。土曜から何も食ってないよ」

「いーや、病院が食わせないんだろ」ピンク色の男が言った。

「あんたをドラム缶みたいに空洞にするんだよ」

看護師が呼んだ。

「ワードさん、ミラーさん、フォークさん、ベドローさん。レントゲン室までついてらしてください」

呼ばれた者たちは一列になって従《したが》った。その先頭はフォークさんで、パンツとブーツだったが、ほかの者はそれに気が付かないふりをしていた。

だから、ただちょっとの血なのよ。ベリンダは思った。

血のことで心配するのはずいぶん前にやめた。三人の頭の大きな赤ん坊以来やめた。大砲の弾《たま》のような子供たちの頭は、彼女の腹から飛び出した。彼女はぱっくりと引き裂かれた。三回とも雨のように血が出た。

医者は、出産のたびに毎回違う人だったが、どのときも、ただとにかく彼女を縫《ぬ》い合わせた。まるで彼女の体が、どこかの日本製の服で、しっかり留まっていない特殊な継ぎ目があり、動くたびに補強しなければいけないしろものであるかのように。

「こんなに頭の大きな赤ちゃんだなんて、あなたは細いのにパワフルな女の子ですねえ」

最初の赤ん坊が生まれたとき、彼女の足と足の間を針と糸で縫い合わせながら、医者が言った。

「頭が大きいのは、主人の家系です」

これは嘘だった。彼女はたったの十七歳で、まだ夫はいなかった。

「これで治りますよ」

けれどもその後、ベリンダは、「治った」と思える状態にはならなかった。赤ん坊、つまりペニー、が生まれてから、ベリンダはグランドキャニオンを相手にしているみたいだ、とヴァージルは言った。

彼は犬のほうがまだましというほどに焦《あせ》るので、縫い目は、裂けそうなほど緩《ゆる》くなっていた。彼が、彼女がひと息つけるような余裕を与えることは、ほぼまったくなかった。彼女の縫い目は大丈夫なのかと聞くこともなかった。

彼女はずっと泣いていた。彼が悩ませるのをやめるまで泣いた。彼が、毎日か一日おきに「ベリンダ、縫ったところの具合はどう? 治ったか?」と聞くようになるまで泣いた。

「時間のかかることってあるものなのよ、ヴァージル」

ほとんど毎晩、彼女はベッドに入っても眠らずにいた。涙をこらえながらだった。前と同じにはなれないと思うとこわかった。

ある日の昼間、午後も中頃、ペニーがぐっすりと眠り、ベリンダもソファに横になって昼寝をしていたときのこと、ヴァージルが、牧師のように神妙に、縫った部分を見せてほしいと言い出した。

「頼むよ、ベリンダ。縫い跡《あと》って見たことないんだ。どんなものなのか見たいんだよ」

「ヴァージル・ベドロー。いじわるは自分の中だけにしまっといてよ」

「おまえ、不自然なことみたいに言うけどな。俺は事実上、おまえの亭主なんだよ」

「事実上？　それじゃ狩りをしない犬ってものだわ、ヴァージル。あなたは私の指に指輪をはめてないし、ママに一分の平安を与えてない。事実上なだけじゃ、私の縫い跡を見る資格なんてないわけよ」

ヴァージルは、それから二週間もしないうちに彼女と結婚した。

そしてもう二人の赤ん坊を産んだ今、ふたたび、彼女はまた別の医者に、彼女の足の間に顔をやり、ヴァージルにさえ調べさせない場所を調べるのを許《ゆる》すのだ。

彼女はヴァージルを愛していると思っているが、それにしても、好きになれる医者に会ったことはなかった。あと少ししたら、また別の赤の他人が、彼女が自分ですら見たことがないほど、彼女のことをじっくりと見るのだ。彼女はぞっとした。

あの小さい鏡を持ってバスルームにこもり、どこから血が出ているのか見ようとしたが、気分が悪くなってやめたときのことを思い出した。自然のままにしておくべきこともあるし、と思った。けれども、それからとても痛《いた》くなった。やがて、ものすごくおそろしく痛くなった。彼女は、またヴァージルに緊急救命室まで運転させた。こんな痛みに襲《おそ》われるのは、この二カ月で三回めだったが、今回が一番ひどかった。あまりの痛さに涙が出た。とても歩けなかった。ヴァージルが彼女を病院の中まで運んだ。

医者たちがレントゲンの手配をしたのは、そのときだった。ヴァージルが無職で、保険にも入っていなかったので、病院ははじめ、撮影をいやがった。しかし彼らは、カルテに「未特定の出血」と書き入れると、彼女に特別のレントゲン撮影に来るように言った。

ベリンダは、このこと、つまり医者が問題点として「未特定の」と書いたことについて、よく考えた。問題は、出血が痛いことだ。どこかが痛むときは、痛みを止めようとするものだ。それだけのことだ。特定されていようがいまいが、重要ではない。そもそも、ベリンダが納得できるように理由が特定されていることなど、この世の中そうたくさんはない。

「壁に沿って、ここにかけてください」

看護師が言った。一同は黙《だま》って従った。冷たい椅子に座ったカウボーイブーツのフォークさんは、肌に椅子が触《ふ》れた感触で飛び上がった。気が付いた看護師が、彼に近寄って言った。

「フォークさん、ガウンの紐を結びますよ」

年取った男は、看護師から離れた。

「いーや」

彼は言った。

「縛《しば》られるのはいやだね」

ベリンダは、やれやれ困ったものだと思いながら、フォークさんのことを見た。あの人、ここは精神病棟で、ガウンは拘束着《こうそくぎ》だとでも言うつもりなのかしら、と彼女は思った。たぶん彼は、これからレントゲン台に縛りつけられ、ショックか何かを加えられると思っているのだろう。もしかしたらそのほうが、あの人のためかも。

「機械は服を通して中を見られるんだから」ピンク色の顔のワードさんが言った。「こんなに脱がせることないんだ。X線の機械が皮膚を通るってんなら、服だって通るだろう」

「そうと知ってたら」黒人の男、ミラーさんが言った。「考え直したな」

「私は考え直しているところだよ」フォークさんが言った。「ここにいるのは、先生が、この検査でガンが防《ふせ》げるかもしれない、とか言うからなんだよ」

「ガンがこわくないんだとしたら、あんたはアホだね」

ミラーさんが言った。

「うちのやつをガンで二年前に亡《な》くしたんだ」フォークさんが言った。「あれが亡くなった日に煙草《たばこ》をやめてね。五十八年も、煙草を吸《す》ったり嚙んだりしてたんだが、すっぱりやめたよ」

「煙草がないとつらいんじゃないの」

ミラーさんが聞いた。

「もっと悪い癖《くせ》をつけることもできた」フォークさんが言った。「女房がいつも言ってたんだよ。嘘でいっぱいの口より、煙草でいっぱいの口のがましってね。口んとこの端から端まで煙草の吸いさしがくっついてるかぎり、ほかのものに口をやることはない……」

ほかの男たちはフォークさんのことを笑った。その彼はにたにたと笑い、茶色いヤニだらけの歯を見せながら、ベリンダに「下品な言葉ですいませんねえ」という顔をして会釈している。まんまと言ってやったと、本当は満足しているときに男がよく見せる、嘘くさい礼儀正しさだった。ベリンダには、気持ちが悪かった。

彼女のパパは、知っている卑猥《ひわい》なジョークは全部彼女に教えたが、最後にこの手の「すいません」をつけることは決してなかった。酔《よ》っ払《ぱら》って、ベリンダのことが果たしてベリンダなのか、ベリンダの母親なのか、ローズマリーという女なのか、わけが分からなくなっているパパと一緒に、彼女はよく夜になると裏のポーチに座った。

パパは酔っ払うとよく、ぶちの猟犬のホープフルに『アメージング・グレース』の歌に合わせてツーステップを踊《おど》る芸を仕込もうとした。ホープフルがコツを呑《の》み込んだかのように見えると、パパは、こんな踊る犬を世間に披露《ひろう》すれば、どんなに金持ちになれるかと想像して大騒《さわ》ぎした。彼は、はるばるニューヨークで、大物ウォルター・クロンカイトの取材を受けてもいいくらいのネタだと思った。

ベリンダの母が、「クロンカイトがテレビから引退して十年以上経つし、もしかしたらすでに故人かもよ」と何度言おうとも、そんなことは気にしなかった。長距離電話の料金を滞納しすぎて、電話会社に接続を止められたことも何度かあった。

ベリンダはいつも、何かアイディアを思いついたときのパパの熱意を尊敬していた。その頃の彼女は、その熱心さはジョニー・ウォーカー赤ラベルのおかげとは知らなかった。父が墓場に向かってまっしぐらという勢いで飲んでいたことも知らなかった。

「土曜から食ってない」

ミラーさんが言った。

ベリンダはミラーさんを見た。小さな綿帽子《わたぼうし》のような髪が、耳の上と頭の後ろに生えている、ひんやりとしたアラバマらしい黒人の人。今までベリンダが会った中で一番やせた男だった。

「どういうレントゲンを撮るんですか」

ベリンダは聞いた。

「上も下もだよ」彼は言った。「その写真を調べて、腹が痛い原因を見ようってわけなんだな」

「まあ、そのさ」フォークさんが言った。「そいつ、あんたを殺さないんだったら、何かこう、体にいいのかもしれないな」

「サナダムシの検査をしたことがあるかい」ピンク色のワードさんが聞いた。「体重が増えないのは、サナダムシのせいかもしれないよ」

「私、やせてたんです」ベリンダが言った。「子供が生まれる前まではね」

「あんた自身が子供みたいだよ」フォークさんが言った。「結婚指輪をしてるって以外は」

「子供がいるにしちゃ、ずいぶんお若い」

ミラーさんが言った。

「二十三よ」

「子供さんは何人？」

「三人」

「三人？　とても子供がいるような年には見えないのに」

ミラーさんが言った。

「六歳、四歳、一歳」

ベリンダはビニールの袋から財布を出して、子供たち、ペニー、パッツィ、ラマーの写真を見せた。

ミラーさんは、丸顔でくりくりと大きな目の子供たちの写真を見た。女の子たちはブラウンの髪、男の子はヴァージルのようにブロンドの髪だ。

「おお。これは笑ってるんだな」

彼は言った。

レントゲン検査そのものは、ちっとも痛くなかった。痛いのは、テストや設定だった。ベリンダは、レントゲン台の上では、医師が頭の上にあるテレビ画面に映《うつ》る検査の様子を見せようとしても構《かま》わずに、ひたすら目を閉《と》じていた。

自分の内側を見たいと思ったことはない。体内に管だの染料だのが入れられて、それがねじれたり渦巻《うずま》いているようなときはもっと見たくない。何かおかしいところがあると分かっているときは、なおさら見たくない。

「これだ。これを探していたんだ。見える？」

医師が看護師に言った。

看護師がたくさんの電気のボタンを押した。ベリンダには、機械が彼女のまわりでブーンと鳴る音が聞こえた。それから医者が「生体検査」という言葉を言っているのが聞こえた。看護師が、金属の装置をつかみ、ゴム靴を床にきしらせながら、ちょこちょこと忙しく動きまわった。

ベリンダはお祈りをしようと思った。これまで一度だって、お祈りが効《き》いたことなどなかったが。それでも、これまでの結果はともかくとして、やはりお祈りをすることにした。そのとき唯一思いついたのは、「主に喜びに満ちた音を」だった。だから彼女は、心の中で何度も言った。「主に喜びに満ちた音を、主に喜びに満ちた音を」

ベリンダがレントゲン検査を終えて外に出ると、ヴァージルが子供たちと車の中で待っていた。彼は、待っている間に子供たちにデイリー・クイーンの甘いものを食べさせるのよりましなことは思いつかなかったらしい。車に乗り込んだとき、ベリンダは、ラマーがこぼしたチェリー・アイスのしずくの上に座るはめになった。ヴァージルは車を発進させた。ベリンダはラマーにキスをすると、シートの向こうの姉たちに渡した。

「それで」ヴァージルが言った。

「今日は何だった？」

「ママ、私たちのどが渇《かわ》いた」ペニーが言った。

「止まってドクターペッパーを飲んでもいい？」

「アイスクリームを食べたばっかりだろ」

ヴァージルは駐車場から、車をバックで出した。

「ラマー、静かに座ってろ、分かった?」

彼はラマーをぴしゃっと叩《たた》いた。ラマーは泣き出した。

「まったくもう、自分が何したか分かってる?」

ベリンダはヴァージルに言った。

「やめてよ!」パッツィが金切り声を上げて、ラマーをペニーの膝《ひざ》の上に載せた。

「ラマーが足を踏《ふ》んだの。ママ! この子、そっちにして」

「この子がここに乗っかってるのやだ」

ペニーがパッツィの上にラマーを押しやった。パッツィとラマーが二倍の叫《さけ》び声を上げた。

ヴァージルは強くブレーキを踏むと、後ろを向いた。

「車を止めて、尻をぶっ叩くか?」

彼は赤い顔で叫んだ。子供たちは静かになり、ふくれっつらで自分の場所に座った。

「パッツィがずっとぶつんだけど」

ペニーが言った。

「いいかげんにしないと、三人ともベルトでぶつぞ」

ヴァージルが叫んだ。

「聞こえてる?」

子供たちは頷《うなず》くと、しょげ返って、だが静かに、熱いビニールのシートの上に座った。実のところ、ヴァージルが子供をベルトで叩いたことは一度もなかった。こう言っておどかせば、それで十分効くようだった。

ヴァージルは濡《ぬ》れた髪を手ですき、車を交通の流れに乗せた。四月にしては暑かった。そのまま数ブロック走った。ベリンダは手を窓の外に出し、こぶしを握ったり開いたりした。爪は噛みすぎたせいで、下の皮膚がむき出しになっていた。ピンク色で、ひりひりと痛んだ。ヴァージルに言わなければ。もちろん彼には知る権利がある。

「ヴァージル……」

彼女は言った。彼は聞いていなかった。

バックミラーに、うなり声を上げる消防車二台が現われた。

「パパ、危ない」

子供たちが叫んだ。ヴァージルは、車を消防車の進路からどかそうと躍起《やっき》になった。

「げっ」

彼は猛スピードで飛ばし、二レーンにまたがって走った。いきなり、大音量のサイレンが鳴り響き、消防車が轟音と共に通り過ぎて行った。斜《なな》めから車に衝突《しょうとつ》して来そうな勢いだった。ヴァージルは赤信号を走り抜けた。道路から完全に外《はず》れ、「未舗装の路肩注意」の標識にぶつかりそうになった。

「くそっ」

ヴァージルが急ブレーキをかけて車を止めると、子供たちはフロントシート側に思い切り放り出された。

「大馬鹿野郎が人を殺すところだ」

彼は子供たちを見た。子供たちは、ショックを受けてはいるが、怪我《けが》はしていなかった。シートをよじ登り、消防車が何台も猛スピードで走って行くのを見ようと、窓に顔を押し付けていた。ヴァージルは乱暴に頭をシートに当て、手で顔をこすった。

「ちくしょう」

ベリンダはヴァージルの腕に触れ、とても静かに言った。

「子宮にできものが見つかったの、ヴァージル」

一家は、ベリンダの母親の家の裏に置かれた、レンタルのトレーラーハウスに住んでいた。ヴァージルが失業中で、ときどき日銭《ひぜに》を稼《かせ》ぐぐらいなので、これまでに地代の支払いは少し、正確には二年半、遅れていた。それで、場所をただで借りる代わりに、ベリンダとヴァージルは、グレースの延々と続くサタンの話を聞くのだ。グレースによれば、メキシコの地震からラマーがパンツを濡らすのまで、悪いことはすべて、サタンの仕業《しわざ》だった。

「子宮にできものですって?」

グレースは言った。

「悪性なの? 何てこと。サタンのやつ、そこまでするとは」

彼女は、ベリンダを潰《つぶ》しそうなほど強く抱《だ》きしめた。

「サタンよ、我はおまえを蔑《さげす》む! 我らの主、救世主、イエス・キリストの名において。どうだ、そこまで届いたか?」

彼女は頭の上で腕を振りながら、泣き出した。

「サタンが私の赤ちゃんにガンを与えた」

彼女は天上の神と、冥界の悪魔に向かって絶叫した。狂乱したイタコの体は、数分にわたって荒々しく波うち、ねじ曲がった。それから静かになった。

「あなた、今すぐ洗礼を受けなければいけないわ」

彼女はベリンダの肩をつかみ、ぎゅっと押しながら言った。

「絶対よ」

彼女はベリンダの目をじっと見た。

「約束して」

「洗礼なら受けたわ、ママ。あのときガルフ・ショアーズで」

「あれは入らないわ。海で溺《おぼ》れかけるなんて、まったく別の話なのよ。洗礼を受けるっていうのは事故じゃないんだから。だから違うのよ、ベリンダちゃん。分かってるでしょ。あなたは、パパそっくりで信仰がないがしろだわ。だからきちんと済ませるまでは、あきらめるわけにはいかないの。本当に洗礼を受けないとだめなのよ」

「たぶんね」

ベリンダは母から視線をそらした。

「たぶんね、ですって?」グレースは叫んだ。「神様は、たぶん、というのがお嫌いなのよ。はっきりしたノーよりも、お嫌いなの」

彼女は腕を上に上げながら、部屋の中を歩き回った。

「サタンよ、私の赤ちゃんに『たぶん』と言わせたおまえを蔑んでやる。どんな大間抜けにだって、今この子が『はい』って言わなくちゃいけないことが分かるというのに!『はい』なのに!『はい』なのに!」

パッツィとペニーは部屋から走り出た。小さなラマーは、コーヒーテーブルの下に落ち着き、親指をしゃぶりながら、やけにおとなしく静かにしていた。

「またそれを始めるのはやめて、ママ」ベリンダは言った。「お願い」

「救われないままに死んだりしたら、ママはあなたを許さないわ」グレースは言った。「心の中にイエス様をお招きしないうちに死んだりしたら……」

「黙って、グレース」

ヴァージルが叫んだ。ベリンダとグレースは、そろって彼を見た。彼はグレースに対して、義理の母であり、大家であり、救済に関する第一人者である彼女に対して、声を荒《あら》げたことはなかった。ヴァージルは咳《せき》払いをして言った。

「ベリンダは死にませんよ。だからそこまでだ」

慣《な》れるまで時間のかかることというものがある。自分の死というのもその一つだ。ベリンダにとっては、五歳のときに、当時は牧師だったパパが――信仰をイエス様から酒に変えるずっと前のことだが――一九七九年三月四日に世界の終末が訪《おとず》れる、と予言したときと同じくらいの衝撃だった。ベリンダは毎日毎日、「灼熱《しゃくねつ》の終末」についてのパパの講釈《こうしゃく》や、天使と一緒に天国まで飛んで行けない、行ないの悪い者や許しを受けられない者の行く末の話を聞きながら、その日までたっぷり四カ月苦しんだ。あの恐怖といったら、それはもう並大抵のものではなく、まさに子供時代の一大衝撃だった。そして三月四日が来て……。何も起きなかった。

その日の夜遅く、神が彼を失望させたことと、いいのか悪いのかはともかく、家族が生きてぴんぴんしていることを目にして、パパはポーチに座ってウィスキーを丸一本空け、泣いた。

「こんな世の中、男は何にも頼ることができない」彼は言った。「あるのは失望だけだ」

「たぶん、次はもっとうまく行くわ」

ベリンダは彼をぽんぽんと叩きながら言った。そのとき彼女は、三月四日は彼女の誕生日だということを、パパが忘れていることに気が付いた。その日、彼女は生きて六歳になり、世界は終わらないままでいた。神様は、彼女の誕生日を、史上最悪の日とお定めになりはしなかった。それはよかった。でも神様がそうなさらなかったので、パパの心はずたずたになった。

だから世界の終末は今回も来ないかもしれない。医者たちは、レントゲン写真をよく調べなければいけないと言っていた。あの言葉、生体検査というのを何度も言うので、ベリンダは彼らの顔をひっぱたいてやりたくなった。

彼らは、切開して、できものを切除するのも可能だと言っていたが、ベリンダにはよく分かっていた。医者っていうのは、何を考えてるの？　人はバナナのようなもので、くさった場所を切り取れば、それで万事問題なしだとでも？　ううん、それは違う。もしベリンダの中にくさった場所があるのなら、それは彼女の中で、あちこちにふわふわと動き回っているはず。切られるのを待ってじっと落ち着いていることはないだろう。彼女にはそれがよく分かっていた。

三日続けて、ベッドに入っても、ヴァージルはまったく手を出そうとしなかった。彼はベリンダに巻きつき、彼女の裸の胸に頭を載せた。それは突然、二人には、柔かみの消え去った、肌の下の固いこぶのように感じられた。彼はなすすべもなく泣いた。ベリンダは彼の頭を、頭だけがそれ以外の部分から離れて別になっているかのように、腕に抱いた。

「お父さんの葬式のときから泣いてなかったのに」ヴァージルが、座って両手の甲《こう》で涙を拭《ぬぐ》いながら、ベリンダに言った。

「泣くのはおまえのはずなのに」

「取っとくの」

彼女は言った。

「変だよ。そんなふうにこらえるなんて」

「泣き出したら、きっと止まらないもの、ヴァージル。涙でトレーラーハウスが洪水《こうずい》になって、私たちみんな溺れちゃうわ」

「そうでもしないと、爆発して大きな穴が空いちまうぞ」

その夜、彼女はヴァージルの頭がフットボールで、それを落とさずにゴールラインまで持っていく役目を負《お》った夢を見た。夢の中で、息をしようともがきながら、ヴァージルの頭をしっかりつかんで胸に押し付けた。大きな太った男が、呻《うめ》き声を上げながら彼女を追って来た。後一歩で入る！ すると突然、ゴールラインが消えた。人でいっぱいのスタジアム中が、彼女のコケにされようを笑う声で揺《ゆ》れた。ヴァージルが、つかまれた頭を離そうとして、眠りながら彼女を叩いた。彼女は目を覚ました。

「暑くてくっついてられない」

彼はそう言うと、寝返りを打ち、反対側に移って行った。

彼女はほぼ一晩中、泣き続けた。夢の中で、何千人もの人に笑いものにされたからだ。

「私の人生、ずっと何とかしたいと思ってた。分かるかしら、ヴァージル？ 何か、人が注目するようなことを」

ヴァージルは答えなかった。

三晩め、ヴァージルがいびきをかきだすと、ベリンダは起きてキッチンへ行き、鍋《なべ》つかみを入れるひきだしをかきまわして、母親が置いて行った煙草のパックを探した。今まで一度も吸わずに来たが、今はどのみち死にそうになっているのだから、吸ったっていいはずだ。ガスレンジで、途中髪をこがしながら、煙草に火をつけた。カウンターの上に昇り、冷蔵庫の上の、ヴァージルの酒が置いてある棚の中に手を伸ばした。ジンのボトルを出して、自分のためにグラスに一杯注いだ。

彼女はペニーの学校用のノートから一ページをはぎとり、電話の上にあるラックからえんぴつを取り出すと、テーブルに向かって座った。その夜ほとんど一晩かけて、リストを書いた。

死ぬまでにしたいこと

1. もう一度洗礼を受ける

2. 次にシアーズに写真家が来るときに、自分の写真を撮ってもらう（みんなに焼き

増したものをあげる)
3. 最低でも三人、ほかの人と愛し合う(どんなものか見てみるためだけ)
4. ヴァージルに彼女を見つける
5. 子供たちのために、みんなが二十一歳になる分までの誕生日のメッセージを、テープに録音する
6. 毎日、子供たちにアイ・ラブ・ユーを言う
7. 好きなだけ煙草を吸って、お酒を飲む
8. 好きなだけ乱暴な言葉でののしる
9. 言いたかったら、本当のことを言う
10. 十ポンドやせて、もっといいヘアスタイルにする

翌朝、ベリンダは、ヴァージルの姉のドロレスに電話し、髪のカットと全体のウェーブを頼んだ。ドロレスはいいと言い、そのうえ、「サンストリーキング」を、ベリンダは頼んでいないけれど、ただでしてあげると言った。顔まわりの髪を金色にし、天使のようにするのだ。ほかのお得意さんの分もしながらだったので、ドロレスがベ

リンダの髪を仕上げるまで、結局全部で四時間ほどかかった。

合間の時間、ベリンダはドロレスに、ヴァージルが彼女と出会う前につき合っていた女の子たちのことを尋ねた。ドロレスは、ヴァージルのぱっとしない恋愛遍歴《へんれき》をさかのぼり、彼が六年生のときに、キャンディという、ドロレスによれば「あの年にしてはずいぶん発育がよかった」女の子が好きだった話をした。

「その人、今どうしてるの？」

ベリンダは聞いた。

「知らないわ。たぶん、いろいろよ。さあ見て」彼女はベリンダに鏡を渡し、回転椅子の向きを変えた。

「後ろの髪がこれでいいか見てみて」

ベリンダは頭の後ろをよく見た。彼女は思った。

「今までずっと、前と横の髪以外のことは考えなかった。自分に見えるのってそこだけだから。後ろの髪のことは考えたことがなかった。だって見るのはほかの人だけだから」

彼女は前々から、自分の芯には自分勝手なところがあるのではと疑っていたが、こんなことを思うなんて、まさにそれを裏づける証拠みたいと思った。

「うん、気に入った」

彼女はドロレスに鏡を返した。ドロレスは、次の木曜日にまた来るなら、つけ爪もしてあげる、それに、十セントだってお金は取らないからと言った。

「ママを見て！」ベリンダが家に帰ると、パッツィが叫んだ。「ママきれい」

ヴァージルが新聞から顔を上げ、ヒューッと口笛を吹いた。

「ドロレスおばさんに、私もこんな髪にしてもらいたい」

ペニーが言った。

ベリンダの顔に笑顔が浮かんだ。家族が彼女のことをきれいだと思ったからでもあるが、それだけではない。ヴァージルが新聞の求人欄を見ながら電話番号に丸をつけていたから、しかも彼女が何かうるさく言う前から、彼がそうしていたからだった。

その夜、家族が眠っている間、ベリンダはもう一本煙草を吸い、またジンをちびちびと飲みながら、二つめのリストを作った。

ヴァージル、

これはお葬式のために私に必要なもの。

1. 新しいドレス（取り置きしておいて、お金を全額払い終わったら引き取る方式で買う）

2. ドレスに似合う靴（サイズ5、狭い幅）。（本革のがセールになってるかチェック）

3. 新しいブラ（30A、パッド入り）

4. 新しいビキニのショーツ（サイズ4）

5. 新しいレースのスリップ（サイズ30、女児服売り場）

6. ストッキング（S、色はニアリー・ヌード）

7. 趣味のいいイヤリング（ドロレスに選んでもらう）

8. 子供たちの服

9. 新しいスーツとネクタイ（あなたの）

（ドロレスが髪をきれいにしてくれると約束している）

（私のお葬式でママにサタンの話をさせないこと。子供たちがこわがる）

ベッドに入ると、ベリンダは、病院の年取った黒人の男が死んだ夢を見た。レントゲン撮影を待っていた男たちは全員、病院の緑のガウン、パンツ、カウボーイブーツ、ちぐはぐな靴下といういでたちで、彼の葬式に来ていた。彼らは、あの人はサナダムシで死んだと言った。いや違う、彼らは言った。レントゲンの順番を待ちながら、飢《う》え死にしたんだ。ベリンダは、医者たちが病院の廊下を台に載せて運んでいるお棺の中を見た。彼はやせた手を胸の上で組んで、まるで眠っているかのようだった。それは穏《おだ》やかな姿に見えた。けれどもベリンダは、彼が靴下なしで、例の靴紐のない靴で埋葬《まいそう》されようとしていることに気が付いて慌《あわ》てた。彼女は、人々を止めようとして叫んだ。ミラーさんはまだ準備ができていない、と叫んだ……。けれども彼女の声は誰にも届かなかった。マスクをした医者にも、緑のガウンを着た年取った男たちにも。ガウンは天使の翼のように風にはためき、彼らは地面からふわりと浮かんでいる。ベリンダは空気を求めてあえぎ、目を覚ました。彼女はベッドにまっすぐ座り、口を開けて眠るヴァージルを見た。

翌朝、彼女はヴァージルにリストを渡した。

「古いものを身につけて埋葬されるのはいやよ、ヴァージル。約束して」

彼はリストを見て、真っ青になった。椅子に座らなければ、とても読めなかった。読み終わると、彼は、子供たちのためにスクランブルエッグを作るベリンダを黙《だま》って見上げた。

「私、ドレスは自分で選ぶ。取り置きしておいて、全額払ったら受け取るの。そのほかは、一緒に少しずつそろえましょう。でもその前に私が逝ってしまったら、残りはお願いね。サイズは全部書いたわ」

ヴァージルはリストを折りたたみ、シャツのポケットに入れた。梳《と》かしていない髪を手ですいた。

「ラマーを、ごはん用の高い椅子に座らせて」

ベリンダが言った。

ヴァージルはぼんやりとラマーを椅子に座らせたが、足の入れ方が悪かったので、ラマーが痛がって泣き出した。ヴァージルはトレーをスライドさせて入り口を広げ、座らせ直した。ベリンダは食事の皿をラマーのトレーに置いた。ラマーは泣きやんだ。

ヴァージルが出て行こうとすると、ベリンダが呼んで言った。

「待って、ヴァージル」彼女はラマーの顔をウェットティッシュで拭《ふ》いていた。

「ショーツとブラとスリップはね、おそろいにしてほしいの。気を付けてね。ずっと、上下同じデザインの下着をセットでそろえて着たかったの」

ベリンダがまた予約の時間に行かなかったので、その日の午後、病院が電話をかけて来た。彼女は詫《わ》びを言うと、二週間内に改めて予約が入れられるのを、黙ってそのまま聞いておいた。彼女の亡骸《なきがら》を解剖するというのでもないかぎり、あの病院には二度とは戻らないのだと、十分に分かっていながら。

その夜、ベリンダは、ヴァージルにはムールトンの姉の家に行くと言いつつ、実際はハイウェイ六十四号線に乗って、ベア・ファクツ・ラウンジへ向かった。この場所のことは、姉のリリーから聞いた。ベリンダは火曜日をねらって行くようにした。その日はレディース・ナイトで、ドリンクが無料なのだ。一晩中、一セントも払わなくていい。

途中、テキサコのガソリンスタンドで止まり、トイレで口紅を厚くし、髪を少しふくらませ、ブラウスのボタンを二つ外した。今までしそこねていたことを、それは一体どんなことなんだろうと考えるだけで死ぬわけにはいかなかった。

ヴァージルはダンスが嫌いだった。ベリンダはヴァージルと結婚してから、ただの一度も踊ったことがなかった。だが、ベア・ファクツの音楽は最高だった。ただ聞いているだけでも、彼女は自分の中の何かが沸《わ》き立つような感じがした。すてきな切なさだった。店内は暗く、彼女は中に入ったはいいが、それからどうすればいいのか分からなかった。だが、どのみちそんな心配は無用だった。すぐに男が近付いて来て、「踊らない？ シュガー」と言った。彼女はイエスと答えた。

彼は二十八歳で、髪は黒く、名前はゲーブルと言った。彼のママは、『風と共に去りぬ』を見て、彼の名前をつけた。ダンスが上手で、よく見るととてもかわいかった。ニューオーリンズ付近から、新しいインターステートの仕事のためにアラバマに来た。首の長いボトルで飲むビールが好きで、それがベリンダには格好よく思えた。

彼はベリンダに、きれいな髪だねと言い、彼女が子供たちの写真を見せたときには、本当に興味を持っているかのようにふるまった。

「てごわいトラがいるみたいだね」

彼はペニーを見ていた。

「それにかわいい子猫」

これはパッツィを見て。

「それにラインバッカー」

ラマーを見ながら。

「ご主人はラインバッカーだったりしないよね？」

ベリンダは笑った。

「ううん。ショートだったわ」

ゲーブルは大笑いし、ベリンダをダンスフロアへエスコートした。三曲、四曲めになる頃には、ベリンダの緊張もとけてきた。ほかの男がダンスを申し込むと、彼女はにっこり笑って断わり、それからゲーブルに向かってほほ笑んだ。彼はウィンクをした。彼女はジントニックを三杯飲み、十時半までには、ゲーブルにキスをさせるにはどうしたらいいかを考えていた。難しくはなかった。二人でスローダンスを踊っているとき、彼女は、まっすぐ彼の目を見てにこっとした。それから手を胸から滑《すべ》らせて、ベルトの上に軽くそえた（ヴァージルのベルトにこうやって触れると、効果てきめんだった。偶然手がぶつかっただけでも）。

「外の空気にあたろう」

ゲーブルが言った。二人は表を歩き、そして彼は彼女にキスを、キスを、キスを始めた。彼に恋する身であるかのように、彼女の胸は高く鳴っていた。

ゲーブルの家には、妻と小さな男の子がいるので、そこに行くわけにはいかなかった。だが、彼はモーテルに行こうとは言わなかった。それは構わなかった。どのみち彼女はモーテルに行く気はなかった。二人は車で、インターステートの建設現場に行った。ゲーブルがよく知っている静かな砂利道だった。防水シートをトラックの荷台に広げて、二人は月明かりの下に横たわった。ベリンダは、寝るところまでたどりつくのが、こんなに簡単だとは思わなかった。もっと頑張らないとだめかと思っていた。

「海の見える、デイトナ・ビーチのヒルトン・ホテルにいるつもりになろう」

ゲーブルが言った。

「ニューオーリンズの中心部にあるフェアモント・ホテルでもいい」

「どっちも行ったことあるの？」

「実はない。行ったことはないよ。モービル郊外のパラダイス・モーター・ロッジなら あるけど」

これには二人とも大受けして、寝転んだままげらげら笑った。

「いいわ」ベリンダは言った。「私、つもりになるっていうの、うまいのよ」

「よかった」ゲーブルはベリンダの体に腕を回した。「想像力のある女の人が好きなんだ」

ゲーブルはキスが上手だった。そこに何時間も横になって、ただずっとキスされているだけだってよかった。ヴァージルはキスというものをとっくに忘れてしまっていたし、いつも、ほかのことを求めて焦っていた。だがゲーブルはゆったりとしていた。ベリンダは、そういうのってすてきだと思った。ひとつひとつ違う味わいを楽しむ余裕が持てた。

ゲーブルが裸になると、ベリンダは彼をじっと見つめた。もっとよく見たいから立ち上がってほしいと言うと、彼は彼女のことを笑ったが、そうした。彼女は彼をじっと見た。ヴァージルのことをこんなふうに見たことはなかった。ゲーブルは平気なようだった。彼女は突然、気持ちがすわった。心から感嘆しながら、彼のことをじっと見つめた。

「きれい」彼女は言った。

彼女がびっくりしたのは、彼の、まあ、つまり、ペニスが、ヴァージルのと同じではないことだった。ヴァージルのはピンクで、あまりにもピンクで、ときどき暗闇でも光るくらいだった。ゲーブルのは黒っぽく、青っぽく、それにたくさんの毛が、胸から腹に向かって、矢印の形のように生えていた。ベリンダは感動した。男性のペニスの色がいろいろだとは知らなかった。

「今まで、主人としか、したことないの」

ベリンダはそっと言った。

ゲーブルはほほ笑み、湿った夜の空気で少し縮《ちぢ》れた、彼女の髪を見つめた。たぶん、自然のカーリーヘアだと思ったことだろう。彼には、聞くべきではない質問というものを心得る賢《かしこ》さがあった。

「聞いて」彼は静かに言った。「君のいやがることはしたくない」

「しなくちゃだめよ」ベリンダは言った。思いがけず大声で。それからそっとささやいた。

「そうしたいの」

その夜、ゲーブルは、彼女が無事に帰れるように、車で家までついて来た。彼女は、なかなかまっすぐ走れず苦労した。心はまだ、甘美《かんび》なめまいを覚えた、そしてずっとそのめまいから戻れないかのように思えたあの場所、ゲーブルのトラックの荷台にあった。男にそれほどまでにやさしい言葉をかけられたことは、かつてなかった。言葉のおかげで、セックスがただのセックス以上のものになることを知った今、もう前と同じにはなれないだろう。彼女は確信していた。

そこに寝そべりながら、彼女は、どうしてゲーブルの妻が彼と結婚したのかよく分かる、と思った。彼がキスとキスの間に、愛し合う最中に、最中に！　言おうと考えつくすべてのことからしてよく分かる。ゲーブルは言った。

「ご主人はラッキーな人だ、ベリンダ。彼が分かってるといいんだけど」

それから後は、彼女はただひたすらうっとりしていた。

家に着くと、彼女はまっすぐキッチンに行き、リストを隠した鍋つかみを入れるひきだしの底からリストを出した。今のところ、チェックして消したのは「もっといいヘアスタイルにする」だけだった。それで「好きなだけ煙草を吸って、お酒を飲む」を消した。それから「最低でも三人」に線をひいて消し、その上に「ゲーブルと三回する」と書いた。

ベッドに入ると、ヴァージルを見た。寝ながら、どう引っ張っても外せないほど強く、彼女の枕をつかんでいる。彼女は暗闇で彼に軽くキスをして、その隣に横になった。

数週間後、ベリンダはペニー、パッツィ、ラマーと一緒に、シアーズの子供用品売り場で列に並んでいた。借りたドレスを着て、新しいホットピンクのネイルをしていた。ドロレスが写真のために、彼女の髪をセットしてメイクをした。子供たちの写真も撮ってもらうつもりだった。埋葬されるときに小さな聖書やプラスチックの百合を持つ人がいるように、子供たちの写真と共に埋葬されたらきっといいだろうと思ったのだ。

順番を待つ間に、食料品売り場のフードワールドで借りたカートで、子供たちをおとなしく静かにさせておくのは大変だった。すでにミントの飴《あめ》を一パック終わらせていたが、子供たちを静かにさせるために、今度はシュガーレスガムを引っ張り出していた。そのとき、後ろにいる誰かが「あら、キャンディ。戻ったって聞いたわよ。クリフと終わったなんて残念だったわね」と言うのが聞こえた。

「そんな、残念なんて」その女性が言った。

「平気よ」

ベリンダは、彼女の後ろに並んでいるその女性の顔を見ようと振り返った。きれいなブロンドの、胸の大きな女性だった。ショートパンツを穿いていて、足は鳥の足のようだが、よく日焼けしていた。ウエストはないが、人の注意が向くのはたいてい胸だろうから、それは問題ではない。ベリンダは彼女に言った。

「もしかしたら、キャンディさんって、六年生のときにヴァージル・ベドローをご存知だったんじゃないかと思うんですけど?」

その女性はほほ笑んだ。

「そうよ。ヴァージルなら知ってたわ。やせたブロンドの男の子」

「そう。今は私の夫なの」

「それはよかったわ」

「離婚のことが聞こえてしまって」

「そう」

彼女はやれやれ、という顔で視線を上に移しながら言うと、バッグから煙草を取り出した。

「やっとってところかしらね」

「煙草は体に悪いんだよ」

ペニーが言った。

「しっ」

ベリンダは手でペニーの口を覆《おお》った。

「ヴァージルはまたあなたに会えたら喜ぶと思うの。うちに来ませんか？」

キャンディはいぶかるような目つきでベリンダをじっと見た。

「でもヴァージルには十年も会ってないのよ。今、会っても分かるかどうか」

「彼は元気よ。太ってもいないし」

「どうしてそんなに私を会わせたいの？　私のこと知らないのに」

「ヴァージルがあなたのことを言ってたの」

ベリンダは嘘をついた。キャンディが信じていないのが分かった。

「子供は好きでしょう?」

「ええ」

「お子さんはいるの?」

「一人。トビーよ。五歳なの。今はあの子の父親と住んでるけど」

「そう」

キャンディの煙草の吸い方が激しくなった。手が少し震えていた。トビーの話で本音が出ることが見て取れて、ベリンダは心を動かされた。それにヴァージルは、キャンディがミントグリーンのストレッチシャツの下に持っているような、大きな胸に夢中になるだろう。別の女性のものすごく大きな胸でも、その下に温かい心があると思えるのなら、ベリンダには許せた。

「じゃ、寄ってヴァージルに会ってもらえるかしら」

「無理だと思うわ」

「次の方!」

写真家が、ベリンダと三人の子供たちに手招きした。

「あのね」

ベリンダは子供たちを食料品売り場のカートから降ろして、カメラ前のじゅうたん敷きのボックスのほうへと行かせながら言った。

「本当のところを言うわね。私、子宮にできものがあるわけ。いつ死ぬかも分からないし、そうしたらヴァージルはさびしいと思うの。で、あなたもまあ今、さびしいみたいだし。そしたら、何て言うか、あなたたち二人がもしかしたらって……」

「私たちの番！」

ペニーがベリンダを引っ張った。子供たちが写真家の横で、「スマイル、ママ。はい、チーズ」と言う中で、ベリンダは自分の写真のポーズをとった。歯が光るまで唇をなめてから、歯を見せて小さく笑った。

キャンディが、自分の写真を撮りに行くときに言った。

「ヴァージルに久しぶりって伝えて」

ベリンダは、セーフガードの石鹸が一個分の値段で二個買えるクーポンの裏に、住所を書いた。

「そのうち来られるみたいだったら」

キャンディは住所を受け取ると、折りたたんで、ニットのシャツの中にしまった。ベリンダは、ヴァージルの住所がキャンディの胸の谷間におさまったところを想像した。子供たちを連れてシアーズの中を通り抜け、表の午後の熱波の中に出た。

車に向かって歩いていると、フォークさんが、背の低い太った女友達と歩いているのが目に入った。スナップで留めるカウボーイシャツと、黒のポリエステルのジーンズ、という服を着ているので、彼だと気が付かないまま通り過ぎるところだった。カウボーイハットをかぶり、サングラスをして、楊枝《ようじ》を噛んでいた。ブーツで彼だと分かった。

「あの」ベリンダは言った。「病院でお会いしましたよね。レントゲンの結果はどうでした?」

フォークさんはベリンダのことを思い出し、子供が乗った食料品売り場のカートを見て、にこっとした。

「憩室症《けいしつしょう》。腸がふくれると、流れて行かないいらないものの小さいポケットができて、それで……」

「そこまで言ってくれなくていいわ」

「一日三回オート麦を食べろって言うんだよ。馬みたいな気分だ。オート麦ばっかり」

「もっと悪かったかもしれないのよ」

太った女性が言った。

「あんたはどうなの」

フォークさんは、ベリンダが行ってしまうのを見送りながら言った。カートが砂利の上で音を立てていた。

「悪い知らせだったわ」

ベリンダは叫んだ。

家では、ヴァージルが怒り狂っていた。彼の真っ赤な顔をこわがって、子供たちはトレーラーハウスの後ろのほうに走って行った。

「何のつもりだ?」

ヴァージルはベリンダをつかみ、揺すった。

はじめ彼女は、ゲーブルのことがばれたのに違いないと思った。だが、どうしてばれたのか分からなかった。二人はとても慎重だったし、会ったのは、ベア・ファクツ・ラウンジでの最近五回の火曜日と、留守だとふんで姉の家に行った何回かの午後だけだった。

一度、リリーが帰って来てしまったことがあった。すでにすることは終わっていて、台所でチーズとパイナップルのサンドイッチを作っているところだった。リリーはたっぷり一分間二人をじっと見てから、ようやく口を開いて言った。

「ベリンダ・ベドロー。ヴァージルはあんたを殺すわよ」

ベリンダはにっこり笑い、ゲーブルの膝の上に座った。彼はパンツを穿いているだけという格好で、気まずい思いをしていた。

「だって私、そのうち死ぬもの」

彼女は答えた。

「病院から電話があった！」ヴァージルが叫んだ。

「先生も電話して来た。みんな、おまえがいったいどうしたのか、知りたがっていたんだぞ！」

「それを調べるのが仕事じゃないの」

「おまえ、診察の予約をしても、ちっとも行かないそうじゃないか。それに電話があってもかけ直さないんだってな」

ヴァージルの顔は、苦しそうにゆがんでいた。

「そうよ」

「くそっ。ベリンダ、金のことなら心配するな。それが心配だって言うなら」

「お金じゃないわよ」

ベリンダは、シアーズの袋をクローゼットの中にひっかけた。

「じゃあ何なんだ」

「治療はしたくないの」

「したくない？」

ヴァージルは自分の頭をぴしゃっと叩いた。

「治療しないと死ぬって言ってたんだぞ、ベリンダ」

「その治療とやらで死なずに済むとは言ってなかったわ。もっと早く死んじゃうんだから、ヴァージル。どうして分かるかなんて聞かないでよ。でも分かってるの。髪だって全部抜けちゃうし」

「髪?」

ヴァージルは椅子に沈《しず》み込むと、ベリンダのことを、まるで知らない人間であるかのように見た。

「余計早く死ぬことになると思うの、ヴァージル。そう感じるの」

「じゃ」ヴァージルは立ち上がり、部屋の中を歩き回り出した。

「俺の女房はガンで、それでいいと言う。そういうことなのか?」

彼は、煙草のパックを、ベリンダが前の晩に置いたキッチンのテーブルから取ると、彼女に投げつけ、胸に当てた。

「俺がどう思っているか分かるか? おまえが死にたがってるみたいに思えるんだよ、ちくしょう」

ヴァージルは車のキーと、プラスチックの紐でつながっているビール二缶をつかんだ。

「どこに行くの」

ベリンダが言った。

「こんなクレイジーなところから出て行く」

「死んで行くのは私よ」ベリンダは叫んだ。

「それとも忘れたの」

「俺がここにいて、おまえが楽しく死ぬのを見てることはない」

ヴァージルは出て行った。

ベリンダは一番手近にあったもの、キッチンカウンターの上にあった、ふたの開いているストロベリージャムの瓶《びん》を手に取り、ドアを閉めようとしているヴァージルに投げつけた。瓶はドアに当たって割れた。赤い、ベタベタ、ねばねばするものがあちこちに飛び散った。

「大嫌い」

彼女は言った。

真夜中すぎ、ヴァージルが酔って帰って来た。子供たちは眠っていた。ベリンダはキッチンのテーブルに向かい、母のクレジットカードで買った新しいテープレコーダーの説明書を読んでいた。ヴァージルが彼女のほうによろめいたので、彼女は立ち上がって、倒《たお》れないように支えた。つかまって来る彼をベッドルームまで歩かせ、ブーツを脱がせ、ベッドに寝かせた。

「ヴァージル」彼女は言った。

「大嫌いって言ったけど、本気じゃなかったわ」

「分かってるよ。おまえはこの俺と結婚したんだったよな」

彼は転がって仰向《あお》けになり、額の上で腕を組んだ。

「私、ものすごく疲れたの、ヴァージル。分かるでしょ。どうしても死ななくちゃいけないのなら、うまくしたいの。それだけ。なるべく上手に死にたいの。ヴァージル、聞いてる?」

ヴァージルは顔に笑みを浮かべながら、ぐっすりと眠っていた。

ベリンダは、ほぼ一睡もせずに、テープレコーダーに向かって話した。最初の晩は、子供たち一人ずつのために、四年分の誕生日のメッセージを吹き込んだ。それから後の何週間かのうちに、子供たちが成人する年の分までを、吹き込んで行った。

ペニー、

きっと、とってもかわいくなってるわね。いろんなことは、パパに説明してもらってね。パパは話したがらないだろうけど、でも聞き続けて。知らないふりをしてても、パパは知ってるんだから。もしパパに新しい奥さんがいるなら、その人に聞いてみて。女の人のほうが、人生ってもののあれこれをよく知ってるのよね。だってそのあれこれが起こるのは女の人だから。アイ・ラブ・ユー。

パッツィ、

ママは八歳のときにはね、「リリーってば、私よりずっといい思いをしてさ」なんて思ってたの。上に姉さんがいるってけっこうきつかった。だから、あなたはそんな思いをしないで。パパったら、あなたのことをペニーぐらい大きい子みたいに扱って、いろんなことを大きい子並みにさせるかもしれない。そうかと思えば、ラマーぐらい小さい子みたいに扱って、やたらと、とろくなるかもしれない。でもそれはね、全部あなたが真ん中だからなの。パパはごちゃごちゃになってるの。ママはあなたを愛してるからね。

ラマー、

あなたが「自分はほかの誰よりも、一番どなりつけられてばっかりいる」とか、「何でもかんでも自分のせいにされてる」って感じてるとしたら、それはね、あなたが一番小さいからなの。そのうち、家中で一番大きくなる。パパよりも大きくなるかも。もし新しいママがいるなら、その人のことが好きだといいんだけど。私に悪い、なんて思うことないからね。愛をこめて。ママ。

それからベリンダは、ヴァージルにあてて、クリスマスのメッセージをいくつか入れた。

ハロー。

ヴァージル、新しい奥さんのことなんだけど。もしまだなら、気を付けて選んでね。二回めなんだから、自分がいったい何をしているのか、よく注意しなくちゃだめなんだから。

ヴァージル、

これは、私からの最後のクリスマス・メッセージ。あなたにメリー・クリスマスを祈る死んだ妻の声をテープレコーダーで聞くのはいや、って言う女の人と再婚してるはずだと思うから。私のこと、もう忘れちゃったわよね。でも、もし忘れちゃってても、「そう、忘れたよ」なんて言わないでよね。エルク・リバーでの夜のことを考えたりする？

それから、ママにも、いくつかのクリスマス・メッセージを入れた。

ママ、

ねえ、何だか分かる？　私、天国にいるの。ママが信じないのは分かってるけど、でもね、パパもここにいるのよ。神様ってママが思ってるのよりずっとすてきよ。人々をお許しになるの。

ママ、

またまたメリー・クリスマス！　私とパパは空を楽しく飛んでるの。天国からは何でも見えるのよ。ときどき、ニューヨークに遊びに行って、ふわふわと飛びながら、北部の人とか外国人とかのことを見たりしてるの。ママが言ってたニューヨークの話って本当ね。ママが想像してたその通りなの。私とパパはね、ママがアラバマで元気にしてて、すごくよかったよね、なんて言ってるのよ。新しい年がいい年になりますように。

メッセージを吹き込むのはとても疲れることだったが、ベリンダは整然と進めて行った。全部終わったら、ドロレスの夫のキッカーが言っていた、メッセージをひとつひとつ、きちんと指定の日に届けるという弁護士に送るつもりだった。何の間違いも起きないように、全部手書きで、弁護士あてに指示と日付を書いた。ヴァージルに託《たく》すわけには行かなかった。彼は最初の夜に全部聞いてしまって、その後は全部なくしてしまうだろう。ママとリリーもそうだ。だから弁護士が一番なのだ。彼女は弁護士というものに会ったことは一度もなかったが、いない彼女に代わって、専門家に後を見てもらうというアイディアのことは気に入っていた。

ゲーブルは、今や一日のうち二十三時間ぐらいを占める存在になっていて、後にはほかのすべてのものを詰《つ》め込《こ》む一時間しか残されない。彼のことをあきらめるなんて、死にでもしないかぎりできない、とベリンダは思った。まるで薬のようだわ。おいしい味の薬。中毒になってしまった鎮痛薬。

ベリンダは、天国はゲーブルのような男でいっぱいのところなんだろう、と思った。全員に行き渡るくらいたくさんいる。すべての女に一人ずつ。寝に行くベッドみたいな唇を持つ男。ゲーブルが心得ているような、言うべき言葉というものを知っている男たち。彼の口。それは彼女にキスをした。彼女に話しかけた。それから、ほかのびっくりするようなことをした。彼女は頭上の熱い光源を目指して飛んで行く、羽に銀粉をつけた蛾《が》のように、皮膚から抜け出て、ちらちらと輝き、ひらひらと飛びながら、上へ上へと昇った。彼は彼女を泣かせ、叫ばせ、それから後で、笑わせることができた。このためだったら、若くして死ぬ価値はあった。

ゲーブルは、ベリンダがもうすぐ死ぬことを知らなかった。絶対に知ってほしくはなかった。二人の関係が気に入っていたし、同情でそれがめちゃくちゃになるのはいやだった。ある夜、二人は互いで互いを包みながら、裸でいて、夜はふけていて、もうとても遅くて、雨が温かく甘く降っていて、それでベリンダは、気が付かないうちに言っていた。

「ゲーブル、愛してるわ」

その言葉は、唐突に、どうすることもできないうちに飛び出して来た。まるでげっぷだ。彼女の奥深くから、膨脹しながら胸を滑り上がり、やがてついに外に出て爆発するげっぷ。

「愛してるわ」

彼女は何度も言った。ゲーブルは、彼女が半分に折れるかと思うほどきつく、彼女を抱きしめた。

「ベイビー」彼は言った。「スイート、スイート、ベイビー」

ベリンダは泣き崩《くず》れ、彼にしがみつき、むき出しの足を彼の足に巻きつけて、腕を彼の首にしっかりと回した。彼の胸に顔をうずめて泣いた。パンクしたタイヤで、のろのろと、力なくガタガタぶつかりながら、片方に傾《かたむ》きながら、それでもブレーキがかけられる前に行程を終えなければならない車のように、泣いた。

ゲーブルは彼女を、前と後ろに揺らした。けれども、彼女の涙は止まらなかった。

「泣きたいだけ泣いていい」

彼が言った。彼女はそうした。体の中が壊《こわ》れて、ばらばらの小さな破片《はへん》に崩れて行くかと思うほど泣いた。すべてを吐《は》き出して泣いた。彼は彼女の頭のてっぺんにキスをし、彼女を前後に揺らし続けた。

「助けてあげるから」彼がささやいた。「どんなことだとしても、力になるから」

目を覚ましたとき、濡れた防水シートは二人の上に引っ張りあげられていた。雨はすでにやんでいた。はじめ彼女は、ゲーブルは眠っているのだろうと思ったが、頭をもたげたとき、彼が自分を見ていることに気が付いた。彼女が体の向きを変えると、彼は手を伸ばし、温かい手で彼女の髪を耳の後ろに寄せた。そして彼女を近くに引き寄せて、やさしい言葉をささやいた。

それから彼女はヴァージルのいる家に帰った。彼はぐったりと体の半分をベッドの上、もう半分をベッドの外に投げ出していた。あまりやりたくもない職探しに疲れ切って、テレビをつけたまま寝ている。

彼女は彼のことを、もう一人の子供であるかのように、誰かが面倒を見なければいけないかわいい男の子であるかのように見た。彼の目にかかった髪をはらい、テレビを消し、彼の隣で横になった。

このベッドのマットレスは世界一固い、防水シートをしいた金属の荷台のほうが、たとえ雨が降っていてもずっと柔らかくて温かい、と思った。泣き叫んだら、彼女の中からあらゆるものが出て行った。ずいぶん久しぶりに、彼女は完全に空《から》っぽになった気がした。それにすっきりした。

その翌晩、思いがけず、仕事帰りのキャンディが、ビールを飲みに寄った。ベリンダは、これはお告げだと思った。神様はこうして、間接的に彼女に話しかけているのだ。またキャンディに会うとは思っていなかった。けれども、グレースがいつも言っているように、神様はふしぎなことをなさるもの。で、キャンディがいた。まるで、ベリンダの後任者が、仕事のあれこれを学ぶために早めにやって来たかのようだった。ヴァージルは、馬鹿みたいにニコニコしていた。

はじめ、ヴァージルはキャンディのことが分からなかったが、ベリンダがいろいろと言って思い出させると、はにかみながら言った。

「まあ、何でもいいんだけどさ……」

小さなラマーは、キャンディの膝に座っていた。ペニーとパッツィは、シアーズで会った人だと思い出し、キャンディに持って帰ってもらうために絵を描《か》いていた。すべてはうまく行った。ペニーは、グレースがペニーの誕生日にプレゼントした『新約聖書ぬりえブック』に出ている黄色い髪の天使を写して描き、胸のところに「キャンディ」と書き入れた。

ベリンダは、これはたまたま起こったことなんかじゃないんだと悟った。ペニーがキャンディに絵をあげたとき、ベリンダは思わず泣きそうになってしまった。これは、神の業だと分かっていたから——こうして彼女は解《と》き放たれるのだ。彼女は混乱した。今、死んでもいいのだ……診察のとき以来、彼女は初めてこわくなった。

キャンディが、今度また金曜日の夕食にでも来る、と約束して出て行くと、ヴァートジルは玄関に立って、彼女が車に乗って立ち去るのを見送った。それから、いくぶんうろたえ、びっくりした様子で、ベリンダのほうを見ながら言った。

「すげえバズーカ二つだな」

そのひとことは、ベリンダにとっては、まさしく神聖な体験だった。

「大丈夫か？」

何週間かが過ぎる中、ヴァージルはちょくちょく聞いた。彼女はたいていの場合、元気だと答えた。けれども彼女はすでに、昼寝をたくさんするようになっていた。ときには、三人の子供たちみんなを彼女と一緒にベッドに入れて、母の古い『レディーズ・ホーム・ジャーナル』の記事を読んで聞かせた。

みんなのお気に入りは、「この結婚は救われるか？」のコーナーで、ベリンダは、夫婦両者の言い分を読み、それから悪いのはどっちか、みんなに投票させた。ベリンダは悪いのは妻だ、と感じることが多かった。ラマーはいつも、彼女と同じように投票した。ペニーはいつも、夫が悪いと言った。パッツィは、どちらの側にもつきたくないと言って、投票したがらなかった。

「そんなものを読んでやるなんて。やめなさいよ」

ベリンダの母親は言った。

「そのぐらいの年の頃は、聖書の物語とか、おとぎ話を聞くものよ。結婚じゃなくて」

「結婚もおとぎ話も、無理なこじつけってことでは同じようなものよ」

ベリンダは言った。

ときには、ベリンダと三人の子供たち、みんなでソファの上に広がって、マヨネーズとレタスのサンドイッチを食べながら、トークショーの『ドナヒュー』を見た。司会のフィルがゲストに医療専門家を呼んだときは、ベリンダはチャンネルを変えた。そして、みんなでコメディの『アンディ・グリフィス』の再放送を見た。その登場人物、バーニー・ファイフがおかしなことをするのを見ては、げらげらと大笑いした。

ベリンダには、少量の出血が何度かあった。痛いときもあった。眠るのが一番の薬のようだった。子供たちはベリンダがのんびりするようになったのを、昼頃までパジャマでトレーラーハウスをうろうろするのを喜んだ。午後に、ベッドは筏《いかだ》で、床《ゆか》は鮫《さめ》でいっぱいの大きな海、ということにして、長い昼寝をするのを嬉《うれ》しがった。何時間もトランプで遊ぶのを楽しがった。ラマーはもう自分の手を覚えつつあった。

ベリンダは、子供たちに天国の話もした。パパが彼女に語ったのと同じ話だった。天国では、何でも好きなものを食べたり飲んだりしていい。だってたくさんあるし、絶対に病気になったり太ったりしないから。食べ物は喜びなの。ただどんどん食べちゃえばいい。誰もが自然なカーリーヘアで、櫛《くし》なんかいらない。誰の肌も切れたりしない。誰も曲がった歯なんてしてない。きれいな歌声がすらすら出るし、歌の言葉は自然に浮かんで来る。天国にはお祈りだけじゃなくてロックンロールもある。空を飛んでも、遅くまで起きていても、雲の上で寝てもいい。何でも好きなことをしていい。動物たちはみんなおとなしい。翼を持っているの。だから天国のポニーは空を飛ぶ。大きい犬も飛ぶから、もしあなたが乗りたいって言うのなら、犬は乗せてくれる。子供たちは、ベリンダの天国の話を喜んだ。やがて彼女が死んだ後に、ヴァージルが「ママは天国にいるんだよ」と言ったとき、子供たちがこの話のことを思い出して、幸せな気持ちになってくれますように、と彼女は願った。

けれどもひそかに、ベリンダは神を疑う気持ちを持っていた。疑わしいと思うようになったのは子供の頃だ。それはひとつには、グレースが人生のほとんどを、神に代わって腹を立ててばかりいたからだ。もし神の立腹がグレースの怒りの半分ほどだとしても、やっぱり耐《た》えられないと思う。ベリンダが溺れかけてから何年もの間、復活祭というと、ママは彼女にクリノリン（馬毛と麻で織った張りのある布）のドレス、花のついた帽子、白い手袋をつけさせ、教会に連れて行って洗礼を受けさせようと頑張った。

「イエス様に人生を捧《ささ》げる前に溺れてしまっていたらと思うと……」

グレースは涙を浮かべて言った。しかし、ベリンダがパニックを起こして、泣くので、毎回、父が目を覚ますことになった。パパは、二日酔いでよろよろとキッチンに入って来ると、ひきずってでもベリンダを車に乗せる気のグレースから娘を救出した。

清く正しく、ご立腹中のグレースとリリーは復活祭の礼拝に行ったが、ベリンダと父はトラックに乗って、グリーンブライアーにバーベキューを食べに行った。ベリンダはよそ行きの服の前に、バーベキューの赤いソースをこぼし、こうして何着もだめにした。

「心臓を撃たれたみたいだな」

パパは言った。彼はナプキンを砂糖入りのアイスティーにひたすと、胸のしみを軽く叩いた。彼女が午後家に帰ると、グレースはきまって彼女から新品のドレスをはぎとり、ごみ箱に捨てた。

だから、ベリンダにとっては、神とは父親であって、母親ではない、と言われたほうが信じられた。最近の人は「神とは母親なのではあるまいか」とか論じているようだけれど。それでも、ベリンダは神を完全に信じたことはなかった。本当に神が存在すると信じたのは、子供たちが乳房に吸いついて母乳が出たときと、ゲーブルと寝たときの二回だけだった。ときどき、ゲーブルが中にいるとき——きっとパパが天国から二人を見ているから——彼女は上を見て、ありがとうと言った。

ベリンダは、ヴァージルが、できるだけ留守にしようとしていることに気が付いた。

「ちょっと出かける」

彼はドアに向かいながら言った。ベリンダと子供たちは、どこに行くのか聞かなくなっていた。家にいるときは、ヴァージルはベリンダが食べたものを、いちいちチェックした。

「今日、野菜は食べたのか?」彼は聞いた。

「野菜を毎日取らないと」

彼が店に何か買いに行ったり、持って帰って来て料理をしたりすることはなかった。

ベリンダはヴァージルの気持ちを理解した。彼は分かりやすい人間なのだ。最初の頃、彼女は彼のそんなところを愛した。今は、そんなに彼のことを理解していたくないのに、と思うこともあった。たまには、彼が何を考え、どう感じているかが、見えないときがあったらいいのに。彼女は、いいかげんいやになっていたが、しかし今さら、彼のことを理解するなと言われても、それは無理な相談だった。

彼はもう何カ月もベリンダと愛し合っていなかった。彼女ができもののことを口にしたときからというわけではないし、まったくしようとしなかったというわけでもない。ただ、ベリンダがどんなに手伝おうとしても、彼の装置はどうにもならなかった。何度か失敗した後、彼は試してみるのすらやめてしまった。

「かからないわね」

ベリンダはヴァージルにそっと言った。

「分かってるんだよ」

「何を？」

「悩み事が多すぎる。集中できないよ」

ベリンダには、ヴァージルの心にひっかかるものが何なのか分かっていた。それは単に、死んでいく妻や、これから長いこと世話を必要とする三人の子供たちのことという、家族の人生を見舞う悲しいあれやこれやのことではない。仕事でもお金でもない。ヴァージルがむかっとしているのは、すべてにおいて、ヴァージルの言葉に重みがないことなのだ。

彼はどうでもいい存在なのだ。たぶん子供たちは、今はまだ幼いから、彼のことを偉い人なんだと思う。今はまだ、彼が叫べば、子供たちは部屋から走り出て行く。でも、やがてそんなときも過ぎて、口答えをし、彼が手に入れることのできない大きくて高価なものをねだるようになる。すでにそれが分かっている。ヴァージルがどうしようと気にする者はいない。ベリンダ、彼の妻、医者のところへ行きたくないと言う妻もそうだ。そして今、彼の体さえ、実質的に彼のことを見捨てたのだった。ベリンダが死んだら、「彼こそが」一家のあるじだというふりをする者さえいなくなってしまうのだった。

だから、二人でベッドに入るとき、ときどきベリンダはヴァージルを包み、やさしい言葉をかけた。

「もう、する気になれなくてごめんね」

「いいよ」

ヴァージルは仰向けに寝て、天井を見つめていた。

「デイリー・クイーンで、私が初めてあなたを見た日のこと覚えてる？　ヴァージル。あなた、一番格好よかったわ。パイナップル・サンデーを食べてたの。私、自分に言ったの。あの子に気が付いてもらわなくっちゃって。私には世界でこの人しかいないって」

ヴァージルはベリンダを引き寄せ、しっかりと抱きしめた。

ヴァージルは、まだ仕事を見つけていなかったが、仕事がなくても、いつも持ち歩いているベリンダの葬儀リストの中から、いくつかのものを手に入れて来た。すでに、ニアリー・ヌードのストッキングを用意していたので、彼はそんな自分に満足していた。また、フェイクパールのイヤリングを二組、手に入れて来た。バーゲンがあって、合わせて一ドルだったからだ。彼女は、イヤリングが自分の思っていたものと違っていたので、何とかして、彼に返品させようとした。けれども彼は返品しなかった。彼は子供たちのおもちゃをシーダー材のチェストから出し、ストッキングとイヤリングをそこに入れた。用意したものはみんなチェストに入れよう。それに、すぐにベリンダは入用なものを全部そろえて、用意して、しまっておける、と思いながら。あの世の人生のための希望のチェスト。実のところ彼女は、自分をこのチェストで埋葬したらちょうどいいし、お棺のためのお金も節約できると思った。

金曜日の朝、ベリンダは、ゲーブルとマディソン・ショッピングモールで会うため、車でハンツビルまで行った。彼は仕事を休んで、彼女のドレス選びを手伝った。彼女は埋葬されるときのドレスとは言わなかった。ベリンダは自分でも気が付かないうちにやせていた。ジュニアの売り場で何着か試着してみたものの、プレティーンの売り場へ送られ、そこでようやく、女児服の十二号がぴったりということで落ち着いた。

彼女は、きれいなラベンダー色のドレスに決めた。襟《えり》と袖にはレース、首には小さなすみれの花束の飾りがついている。背中にはたくさんの小さなボタン、ウエストには濃《こ》い紫《むらさき》のリボンがあしらってある。ベリンダが見たことのあるウェディングドレスと同じくらい、きれいだった。彼女はウェディングドレスを着たことがなかったので、このドレスが気に入った。

販売員は、最近ある花嫁が、このドレスをフラワーガールのために選んだと言っていた。値段は五十八ドルだった。ゲーブルは自分が払うと言ったが、ベリンダは払わせなかった。ヴァージルに約束した通り、まず取り置きしておいて、代金を払い終わったら商品を引き取る方式にした。ヴァージルがこのお金を払うには一生かかるだろうと思ったが、困ったときには、母かリリーが支払いを助けてくれることが分かっていた。

それからゲーブルは、ベリンダを、モリソン・カフェテリアに食事に連れて行った。ここは彼女のお気に入りのレストランだった。彼女は海老のフライとタルタルソースを頼んだものの、食べられなかった。はじめ、ゲーブルは気が付いていなかった。

彼は、妻と小さな息子が、ニューオーリンズに帰ったと言った。たぶんもう、これからもずっと。だが彼は、二人のことを悪くは言わなかった。ゲーブルは二十八歳で、結婚生活は、彼によれば人生で一番長い十年間だった。しかし、それでも二人が出て行ったときは泣いたし、妻の生活が落ち着くまで、毎月何がしかの金を送ると約束していた。妻はバトンルージュで歯科衛生士になる勉強をしていた。彼は、息子のバディに「十二月には会いに行く、クリスマスにはゲイトリンバーグに連れて行く」と約束した。というわけで、今、彼の家は空だった。彼は一人で暮らしている。つまり、二人だけで一緒にいたいのなら、彼とベリンダはベア・ファクツには行かずに、まっすぐ彼の家に行ってもいいのだった。

ベリンダはそれを聞いて、落ち着かない気分になった。そうだといいと願っていたことだったが、まさか、神様が叶《かな》えてくれるとは思っていなかった。今まで神様が願いを聞き届けてくれたことなどなかったので、頼み方に注意しなかったのだ。彼女は神様に、ゲーブルをくださいと何度も願ったし、それにゲーブルのことを感謝した。でもまさか、神様が願いを聞いて、ゲーブルの妻をバトンルージュにやって、二人が普通の家の普通のベッドの、普通の人のように一緒になれる道を開いてくれるとは思っていなかった。

ゲーブルは、建設会社でヴァージルのことは話してある、だから仕事のチャンスがある、と言った。そう聞いたベリンダの目に、涙が浮かんだ。彼女は自分のナプキンを手に取って、鼻をかんだ。

「君が幸せにしてもらえるように」ゲーブルはそっと言った。

「それだけ」

「あの人、いい働きをするわ」ベリンダは言った。「約束します。どうしたらいいか言ってくれれば、ヴァージルは精一杯やるわ」

「食べてないよ」

手のつけられていない九尾《び》の海老を見ながら、ゲーブルが言った。

だが実のところ、ベリンダには食べられなかった。気分が悪かった。本当に気持ちが悪かったが、午前中はずっとこらえていた。だって、今日みたいな幸せな日は特別だから。一日中、ゲーブルとショッピングモールにいるのだから。それに今夜は、キャンディが、彼女とヴァージルと子供たちと一緒の夕食に来る。ベリンダは気分の悪さを忘れようとしたが、それは打ち続ける波のように、何度も戻って来た。

吐き気の波は、あのときのガルフ・ショアーズの海のようにおそろしかった。小さな頃に、頭の上の潮《しお》に飲み込まれ、逃げ出せなくなったときだ。波に叩きつけられて、何度も沈んだ。空がどっちにあるのか見つけられなかった。パパが泳いで来て、彼女の足をつかみ、安全なところへ引っ張って行った。彼はメキシコ湾の水を、ベリンダの肺から押し出しながら、叫び、ののしっていた。

母は、目を閉じ、二人から離れたところに立って、聖書の詩編二十三をつぶやいていた。パパが、彼女が海の水を何ガロンも吐き出すまで、彼女の足首をつかんで揺っていたのを覚えている。「息をしろ」と叫びながら、彼女をこぶしで叩いていた。リリーは悲鳴を上げながら、ぐるぐるとみんなのまわりを走っていた。

ベリンダは、モリソンの九尾の海老を無駄にしたくはなかった。もう一度食べる機会があるか分からなかったし、おいしいと言いなさい、としつけられたからだった。彼女は、二十三年、ず食べて、おいしくてもまずくても、何でも残さず食べて、それにパパに、おいしくてもまずくても、何でも残さ

その教えをできるかぎり守ってきた。

「食べられないわ、ゲーブル」

血がすうっとひいて行った。突然の痛みが、体の中ではじけた。彼女は泣きなが

ら、椅子からずり下ちた。フォークを落とした。フォークが皿に当たって、音を立てた。

「大丈夫?」

ゲーブルは、すばやく椅子から立ち上がった。彼女はテーブルクロスよりも白かった。目をつぶっていた。

「帰らなくちゃ」

彼女は、ゲーブルが車を運転すると言っても、どうしてもそうさせなかった。彼は、病院の緊急救命室に連れて行こうとしたものの、そう聞いた彼女の動揺ぶりを見てあきらめた。公衆電話まで、文字通り彼女を運んで行き、彼女がヴァージルに迎えに来てと電話する間、その体を支えた。

「ハンツビル?」ヴァージルは電話口に向かって叫んだ。「ハンツビルなんかで何してるんだ?」

ゲーブルは、持ち帰り用に包んでもらった、ベリンダの海老のフライの袋を持ちながら、ベリンダが言う通りに彼女を車まで運んだ。彼女の体重が九十ポンドもないのは確かだった。彼にフロントシートに横たえられると、彼女は短く、荒い息をしながら叫び、腹をつかんだ。彼はおそろしく不安な気持ちになった。

「どこが悪いの？　人を呼ぼう」

しかし、ベリンダはいやがった。彼女は少しの間落ち着いたが、やがて急に膝を上げた。痛みに襲《おそ》われるたびに、膝を胸に押し付けた。おそろしい声を上げていた。ゲーブルは、いてもたってもいられなくなった。彼は車のエンジンをかけ、彼女のためにエアコンをつけた。ラジオをつけ、見つかる中で一番ソフトな音楽の局に合わせた。車のまわりを、うろうろと歩き、タイヤのパンクを調べた。

車のボンネットを開けオイルをチェックし、ナンバーを記憶した。そして、その間ににも、バックシートに乗ったり降りたりしながら、横になったベリンダに手を伸ばし、彼女の髪に触れ、顔に触れ、ささやいた。

「スイート、スイート、ベイビー」

ときどき、彼女は彼の手を握り、爪を押し付けた。しかし爪はとても柔らかく、ただ曲がるだけだった。刺すことはできなかった。

ヴァージルがハンツビルに着くまで、四十五分かかった。キッカーが運転して連れて来た。彼らが到着するほんの数分前、ベリンダはゲーブルにいなくなるようにと、何とか頼み込んだ。

「ヴァージルに、あなたを会わせるわけにはいかない」彼女はか細い声で言った。

「すごいショックを受けるから」

ベリンダのためなら何でもするつもりのゲーブルは、彼女がこんなにも小さく青白いのを見ながらも、彼女に従った。しかしそれも、自分のトラックを取って来て、彼女のすぐ隣に駐車するまでの間だった。

「ここにいるよ」彼は言った。「ヴァージルが来るまで、目を離しはしない」

ヴァージルとキッカーは、救急車のように駐車場を突っ切って来た。ヴァージルは、トラックから降りて彼女の車に向かって走りながら、ベリンダの名前を叫んでいた。

「夕飯に呼ばれたのに、着いてみたら自分が料理しなくちゃならないなんて、困るわよね」

ベリンダはキャンディに言った。少し前より気分はよく、彼女はベッドの上に座り、ゆっくりとセブンアップを飲んでいた。ヴァージルは、午後の間ずっと動転したままだった。キャンディが到着する頃には、待ちながらジンを半分空けてしまっていた。ヴァージルがキャンディに、その日がどんなに危ない一日だったかを話しているのが聞こえた。キャンディをシーダー材のチェストのところに連れて行き、中味を見せているのが聞こえた。彼が言葉を詰まらせながら、「ベリンダの葬式リストだ」と言うのが聞こえた。

キャンディはポークチョップを炒《いた》めていた。ペニーにフライドポテト用のじゃがいもの皮むきをしてもいいと言った。パッツィはテーブルをセットしながら、フォークはどっち側なのかと聞いていた。ラマーは、ベリンダの母が庭で不用品を売っていた人から買った木馬にまたがっていた。跳《は》ねるたびに木馬のばねがキーキーいった。

ヴァージルは、使い古された、ノーガハイド（家具用人工皮革）の安楽椅子に寝そべるようにして座っていた。レバーで調節して、背もたれを後ろに倒していた。彼は、客がいるので、瓶から直接ではなく、グラスに注いでビールを飲んでいた。

テレビはクイズの『幸運のルーレット』だった。みんなは、司会のヴァナとパットと一緒にクイズに挑戦していた。

「ある程度の時間」

ヴァージルが叫んだ。ベリンダには、みんなが笑っているのが聞こえた。

「ちがう」ペニーが直した。「字数が多すぎるもん」

ベリンダは、トレーラーハウスの後ろのほうの、暗いベッドルームで横になっていた。涼しかった。ほかの部屋にいる家族たちの立てる音を聞いていたら、幸せな気持ちになった。みんな元気でやって行ける。彼女は思った。

『適当なときに一針縫えば、後で九針の手間が省ける』だ」

ヴァージルが叫んだ。

「パパの勝ち!」

パッツィが叫んだ。

「シーッ」キャンディが言った。「ベリンダを眠らせてあげましょう」

彼女の声には何かの節《ふし》がついていて、それはテレビの中の歓声と、クイズに答えられたらポップアップ式キャンピングカー獲得という女性の金切り声と混じった。

ベリンダは、家族が彼女のベッドに持って来た枕を積み上げ、そこに寄りかかった。家中の枕に囲まれていた。ペニーとパッツィとラマーは、まるで贈り物を捧げ持つ三人の賢者のように、枕を引きずって持ってきた。彼女のひっそりとした人生を、ほかのもっと長くてもっといい人生とだって絶対に交換したくはないと思う、ささやかな一瞬一瞬がある。大丈夫だと安心できる、そういう瞬間がある。

ヴァージルは、腕はここ、足はここ、頭はこうと決めながら、ベリンダを枕の上に寝かせた。それから、明かりを消し、彼女を眠らせた。彼女は子供たちの嬉しそうなキャーという声で目を覚ました。キャンディがクラクションを鳴らしながら、車寄せに入った。ひとりひとりに何か、開けてびっくりのプレゼントを持っていた。

「夕飯の後よ」

彼女は言った。

これでいい。ベリンダは思った。私のいない私の人生はこうなる。一心に小さな木馬に乗るラマー。皿をかちゃかちゃさせるパッツィ。アルファベットの文字を叫ぶペニー。キャンディが「ヴァージル、自分と子供たちの手を洗ってよ。用意できたから」と言っている。

「ダム、ファック、シット、ヘル」

ベリンダは静かに言った。ずいぶん前に、「好きなだけののしる」をリストから消していた。彼女は、子供たちの前では言わないが、ただ言う権利を使うためだけに、よく思いつくかぎりの汚い言葉をぶつぶつ言っていた。ただ、彼女に与えられた分の、ののしり言葉を使い切るために。今までの人生でずっと抑えていた分を取り返すために。

「死ぬまでにしたいこと」リストの中でひとつ残っているのは、もう一度洗礼を受けることだった。ガルフ・ショアーズのことがあって以来、水の中に入るのはこわかった。母は、洗礼はいやだと言う娘のことを嘆《なげ》き、泣いた。

「ベリンダ、一分の平安がほしければ、神の愛に溺れなければならないのよ」

もし、誰かの愛に溺れなければいけないのなら、ゲーブルのがいい、とベリンダは思った。彼女の具合がこれほど悪いことを知ったら、彼は何と言うだろうかと考えた。死んだと聞いたら、何と言うだろう。誰が彼に電話するのかしら。説明をするのかしら。

ヴァージルが、炒めたものの温かい匂《にお》いをさせながら、よろよろと寝室にやって来た。彼は入り口で立ち止まった。青白く、細いベリンダは、白いコットンのねまきを着て、横になっていた。白いシーツと枕のうずの中にいた。両方の目の下にはマスカラがにじんでいた。彼女はほほ笑んだ。

ヴァージルは、部屋に入るのをためらった。彼は十六歳から一日も年を取っていないみたい、とベリンダは思った。彼はジンで、見たことがないほど赤い顔をしていた。髪は短く少年のようだった。ベリンダは、彼が、夕食に来るキャンディのために髪を切ったのだ、と気が付いた。ふだんはベリンダが、台所のはさみを使って切っていた。

「どうだ」

ヴァージルは聞いた。

「よくなった」

「おっかなかったよ」

「私も」

「病院の話をしても意味ないんだろうな」

「そうよ」

ヴァージルは酔っていた。彼はドア枠《わく》に寄りかかったが、まるでドア枠がつるつるするかのように、何度もずり落ちた。

「俺はまったくの役立たずだって感じがする」

彼は言った。髪に手をやったが、彼の髪は短すぎて、その動きにはあまり意味がなかった。彼はベリンダの目を見ようとしたが、太陽を直接見られない人がいるのと同じで、それは彼にはなかなかできないことだった。彼はベリンダがまぶしい光であるかのように、目を細めた。

「何か買ってやったり、どこかに連れて行ってやったりしたかった。何でこうなっちまったんだ。もっと時間があると思ったんだよ」

「よくやってくれたわよ、ヴァージル」

彼を見ていると、部屋の入り口に立っていたパパのことが思い出された。赤い目をして、行くでもなく来るでもなく、どうしたいのかはっきりしない様子で、ふらつく足で立っていた。パパも、飲んだときは気持ちを吐き出したんだった。ベリンダとヴァージルが十七歳のとき、ベリンダは、ヴァージルはビールで、たくさんのビールでロマンチックになるんだと発見した。ビールがなければ無理みたいだった。でも何本も飲むと、「アイ・ラブ・ユー」さえも言えた。もうビールでは効かないから、話すならジンがいる。パパもまったく同じだった。ときどきベリンダは、ある種の男のことが気の毒になった。

「ひとつお願いがあるの、ヴァージル」

「何？」

ヴァージルはまっすぐ立とうとした。

「言ってみてよ、手に入れるから」

「笑わないで」

「誓うよ」

「洗礼を受けたいの」

ヴァージルは一瞬彼女を見て、それから踵《かかと》を鳴らして敬礼した。手に酒をこぼした。

「洗礼を一件。ママに頼んで教会でしてもらう」

「違うの。今したいの、ヴァージル。あなたと子供たちと。あとママ。それとキャンディ」

「キャンディ？」

「あの人のこと、好きでしょ」

「そりゃそうだけど。いい人だって意味だけど」

「向こうはあなたのこと、すごく好きだと思う」

「そう思うのか」

「彼女は好きよ。私、分かるのよ」

ヴァージルの目が、アルコールの涙であふれた。

「医者とか弁護士と結婚したってよかったのに、ベリンダ。融資をたくさん受けられるような。俺が何も分かってないとは思うなよ」

ヴァージルは頭を振って、感情的にならないようにした。

「あんまり長く水の中に入れないでほしいの、ヴァージル」

「何？」

「洗礼のとき。顔を水につけるの嫌いだから」

「おまえを水につけるとき、何て言えばいいんだろう？　お祈り関係の言葉なんて何も知らないのに」

「何か聖書から読んで」

「ペニー！」

ヴァージルは叫んだ。彼は部屋の外に出た。ペニーが、呼ばれた声に答えて、やって来た。

「ママは大丈夫?」

「大丈夫だよ」彼は自分を支えるために、ペニーの肩に手を置いた。「おばあちゃんのところへ走って行って、洗礼をするって言うんだ」

ペニーはにこっとし、走り出した。

ヴァージルはベリンダが寝ているところへ、よろよろとやって来た。体を屈《かが》めて、彼女の額と肩にキスをした。腕の中に彼女をすくい、キッチンへと行った。

「ヴァージル、気を付けて」キャンディが言った。「落としそうだわ」

「パッツィ、ママのために、お風呂にお湯を入れなさい」ヴァージルが言った。「たっぷりいっぱいだ」

パッツィはスキップして、バスルームへ向かった。ラマーが、紐の先につけたピンクのうさぎのぬいぐるみをひきずりながら、ついて行った。

「いったいどうしたの?」

キャンディが言った。

「ヴァージルが私に洗礼を授《さず》けるのよ」

ベリンダが言った。ヴァージルがしょっちゅうバランスを失うので、ベリンダは腕を彼の首にからめ、彼をまっすぐ立たせようとしながら、しがみついていた。キャンディは腕を広げて立ち上がり、ヴァージルとベリンダがつまずいたときにつかまえられるように備《そな》えた。

「降ろしたらどう、ヴァージル」キャンディが言った。「あなた、ふらふらしてるもの」

「重くないんだよ」ヴァージルは言った。「こいつは重くないんだ。俺の女房なんだ」彼はそう歌い、自分のことを笑った。やがて、ペニーが走って戻って来た。続いてベリンダの母が、息を切らして入って来た。

「お風呂の準備ができた」パッツィがヴァージルの腕をつかんで叫んだ。「ママにバブルバスを用意したよ」

ヴァージルはベリンダを、小さなバスルームへと運んだ。子供たち、キャンディ、突然静かになったベリンダの母が続いた。本当にバスタブは白い泡《あわ》でいっぱいだった。雲のあふれるバスタブのようだった。

ヴァージルは、屈んでひざまずいた。キャンディは彼の横に駆け寄って彼を支え、彼がベリンダをバスタブに入れるのを手伝った。ベリンダの白いねまきが、湯に触れると、帆《ほ》のように波打った。ヴァージルは空気でふくらんだ部分を潰して直そうとした。

「見て」ペニーが言った。「ママ、赤ちゃんがいてお腹が大きいみたい」

「静かに」

グレースが、ペニーの口を手で押さえながら言った。

ベリンダは温かい、石鹸の泡の立つ湯の中に沈んだ。白いファイバーグラス製の、母親の胎内を思わせるバスタブのふちに頭をもたせかけると、足を少しばたばたと動かした。

「明かりを消して」

ヴァージルが言った

キャンディが手を伸ばし、スイッチを切った。

「何て言えばいいのか知ってる？　ママ」

ベリンダは聞いた。

「許しを求めるのよ。ベイビー」

グレースは言い、適当な一節を探して、聖書をぱらぱらとめくった。

「熱すぎるか？」ヴァージルが聞いた。

「これでいいわ」ベリンダが言った。

「どうして泣いてるんだ？」

「頭を水の中に入れられるのがいやなのよ」グレースが言った。「この子は、水に入るのをずっとこわがって」

「泣かないで、ベリンダ」キャンディが言った。彼女の目にも涙があふれていた。彼女は、しゃがんでバスタブの端に寄りかかっているヴァージルの後ろに立っていた。膝をヴァージルの胸郭の両側に押し付けて、彼のつっかい棒役になっていた。

「行くぞ、ベリンダ」ヴァージルが言った。両手で彼女の顔をはさんで、自分のほうへ向けさせた。「始めるからな」

「痛くないよ、ママ」

パッツィが言った。ベリンダは目を閉じて、頭をヴァージルの腕に預けた。湯は温かかった。バブルバスを作るのにパッツィが使った、レモンジョイの匂いがした。ママが聖書のページをめくるのが聞こえた。ラマーがぬいぐるみのうさぎを湯の中に放ると、うさぎは沈んだ。ベリンダはそっと湯を蹴った。小さな波が立った。彼女は、人生最高の一瞬一瞬のことを思い出そうとした。

「いいと言うまで待ってるから」

ヴァージルがそっと言った。

「ベリンダ、ベイビー、水に入ってもいいと思ったら、ただそう言って。ただひとこと言うんだよ」

人生は憎たらしいほど悲しい

正当な理由ならいくらでもある。かれこれ数カ月、リチャードはベッドに寝ながら、何度も何度も頭の中のリストを見直していた。しかも理由が金であるかのように、その金を賢く当座預金に預けるかのように、どんどん新たな理由を足し続けていた。

〈まず第一に、モナは十二も年下なのだ〉。毎晩、始まりはこれだった。彼は仰向《あお》けになり、足を広げ、頭の後ろで手を組み、天井の扇風機をじっと見ながら寝そべっていた。「あの女は三十六」彼は思った。「暗いところでは、もっと若く見える」自分が六十一になる頃、モナはまだ四十代じゃないか。彼はぞっとして震えた。

若い女性たちには、確かに一言言わずにはいられない特別のものがある。筋肉の動き。共学の女子大生たちが、急ぎながらも、一方で永遠に時間があるかのようにキャンパスを駆け抜ける姿。ひきしまった胸。輝く髪。まだ、すべてを語り尽くしてはいない口。ときめきが枯渇《こかつ》するまでにはまだ時間があり、これからもキスを受けるであろう口。そこには確かに特別のものがある。リチャードは、もちろんそのすべてに気が付いている。まだ死んではいない。当然意識している。彼は、自分がどんどん年を取っていることを思い出させる、自分よりずっと若い女に執着《しゅうちゃく》したくはなかった。

「何言ってるの」モナは言った。「私、三十六よ。あなたのことを、赤ん坊をたぶらかしてるなんて言う人、まずいないでしょ」

モナには、彼が言おうとしていることに気が付かない、ズレたところがある。

〈理由の第二。モナには子供がいる〉。リチャードには子供がいないし、それに実のところ、彼は子供をおそれている。どう話しかけたらいいのか分からない。子供が何を考えているのか分からない。しかもモナの子は、女の子ばかりである。十代の娘二人。まったく、どうかしている。生理用品がそこらじゅうに転がり、電話がひっきりなしに鳴り、ペディキュアを塗《ぬ》った足むき出しの女たちがTシャツで歩き回る家に住むなんて、想像できるだろうか？　女ばかりの家では、皆やたらと泣き、何かと言うとクスクス笑うのに違いない、とリチャードは想像した。彼は女たちだけの冗談のネタにされているのに、彼だけはそれを知らない。モナと娘たちの笑いが、彼に同情するかのようにいつまでも続く。そう思うとおそろしくなる。

まったくもって、理由ならばいくらでもある。毎晩毎晩、こうして逡巡《しゅんじゅん》するだなんて、無意味なこと、このうえない。なぜ私はモナと結婚するわけには行かないのか。〈彼女は好みのタイプではない〉。〈彼女は私に、私には到底無理なことを期待している〉。〈彼女は私のことを、実際の私よりも善人だと思っている〉。〈彼女はいつもガムを噛《か》んでいる。ときどき、ガムを口に入れたままキスをする〉。〈彼女は離婚を経《へ》て混乱しており、まだ、立ち直っていない〉。〈彼女はおそらく、自己発見が叶《かな》うまで私とは結婚できない〉。これはなかなかいい理由ではないか？　女性というのは、九〇年代になっても「自己発見」するものなのだろうか？　彼女たちは今でも、結婚した男のために、自分を埋没《まいぼっ》させるものなのだろうか？　リチャードには分からなかった。彼に分かっているのは、モナは過去のどんな女性よりも鋭く彼を見通す女、ということだけだった。

モナが、彼のアメリカ文学の大学院クラスを履修して六週間になる頃、おそろしいことに、リチャードは彼女を愛してしまった。彼女は後ろのほうの席に座って、話を聞きながら、楽しそうにしていた。彼はモナの反応を通して、毎回の講義の成功具合を計《はか》っていた。彼女に芸術における苦悩の重要性を理解させるのは、無理なことのようだった。偉大な芸術家は苦しまなければならない、と彼は言った。しかし彼女にそう感じさせることはできなかった。彼女は、『白鯨《はくげい》』は退屈だと思うと言った。退屈、とは何たることか。彼女は、あれは男の物語で、自分にとっては大しておもしろいものではないと言った。鯨《くじら》を追いかけるなんて、子供を育てるのに比べたら軽いものです、と言った。鯨を追うなんて贅沢。彼は生まれてこの方、これほど無知な発言を聞いたことはなかった。彼女は、ソローは独立独歩というより、自己陶酔だとまで言った。他人と関わらず、しがらみを持たず、錨《いかり》を下ろさず、責任も持たない人生なんて、弱虫の人生だと言った。

「一人森の中に座って、壮大なことを考える男をすごいとは思えません」彼女は言った。「自由時間がたっぷりあったら、誰だって高尚なことの一つや二つ考えつくでしょう。ソローって自分以外の人のこと、考えたことがあるんでしょうか？　ウォルデン湖（ソローが過ごした地）で子供の面倒を見て、その子たちに食べさせ、服を着せ、躾《しつけ》をしながら、ああいうことを考えたっていうなら立派です。当然、面倒見なきゃいけない子供が何人もいたら考える時間なんてそうはないですけど。ま、奥さんがいれば話は別……」

「いったいそれは、どういう論旨なんだね？」リチャードは、叫び出しそうになった。

「人生には、子供を育てること以外にももっとあるでしょう、モンゴメリー君」

「特に、子供が一人もいない場合はそうですね」

彼が当惑し、力不足を感じ、腹立たしくなる調子の声で、彼女は言った。

モナは、なぜマーク・トウェインはセクシーな作家で、メルヴィルは知的な作家であるかについて、長い論文を書いてさえいた。知性はセクシーだが、知性尊重はセクシーではないと言った。あの女は自分が何を言っているのか何も分かっちゃいない。

しかし若い学生たち、特に男子学生は、モナが授業中に発言するとき、彼女のことをじっと見つめていた。モナに、リチャードが不快に思うような特別な好意を見せた。モナはアメリカ文学の若い男子学生の相手としては大人すぎる。学生が、十代の娘二人と、文学への馬鹿げた見解を持つ女を喜ばせる術を知っていると言うのか。モナの髪には白いものが混じっていた。リチャードは、男子学生たちがそれに気付いていればいいと思った。モナは品があるわけでもなく流行遅れ、しかも古典を読んだこともない女だが、女子学生たちが彼女を講義の後の昼食に誘い、若い男たちが彼女にビールをご馳走《ちそう》すると申し出ているのが聞こえた。

彼は、自分自身何をしているのかよく分からないまま、モナがアメリカ文学の白眉を「失礼極《きわ》まりないほど男性的」と一蹴した、特に苦い講義の後の愚《おろ》かしい瞬間に、モナにコーヒーを一緒にどうかと誘っていた。彼には、彼女がきちんと理解することは、大切なことであるように思えた。

「『白鯨』は、史上最《もっと》も偉大な本だ」リチャードは主張した。「聖書を除《のぞ》いてと言うべきかもしれないが」

「くだらないですね」

「しかし、彼の見解の力強さは……」

「その見解は、小さくて、狭いものです」モナは答えた。「地球上の人口の半分のことを顧《かえり》みていないんです。女性のことを何も知らない男性には、あまり興味は持てませんね、先生。悪いんですけど」

リチャードは、彼女のそこまでの強い確信に驚嘆した。怒るべきか、楽しむべきか分からなくなった。モナはにっこり笑った。

「それで彼は、いやになるほど退屈です、先生」

なぜ、彼女の言うことすべては、彼個人に対するいやみのように聞こえてしまうのだろう。モナは、メルヴィルについて語りながら、実はリチャードのことを言っているのだろうか。彼はそうなのだろうと思った。彼女に自分は退屈なんかではないことを見せてやろう。彼女は、自分から学ぶことなど何もないと思っているかもしれない。しかし、ものごとのひとつも教えてやるのだ。

二人は、キャンパス近くのコーヒーショップに歩いて行った。そこでモナは、昔、一生で一度だけ、ブルックバレー・カントリークラブのゴルフプロと愛人関係を持っていた話をした。そのとき彼女は、どれほど離婚を必要としているか認識した。彼女は一年泣いたと言った。話しているときも泣き出しそうになっていた。リチャードは、彼女があまりに率直なので不安になった。そこまで包み隠さず話すなんて、むしろ向こう見ずな行動ではないかと思った。

「そのようなことを、私に話してもいいのだろうか」リチャードは聞いた。「私のことをほとんど知らないというのに。実は、私は……」

「私をゆすりますか？」

モナはチキンサラダを一口分取りながら、愚《おろ》かな警告と言いたげに答えた。

彼は彼女から目を逸《そ》らすことができなかった。魔法が解《と》けるような気がしたので、ハーマン・メルヴィルのことを持ち出すのはもうやめた。それに、彼はひどく緊張していた。初めてモナを見つめた日から、彼の気持ちはずっと張りつめ通しだった。

しかし、理由だ。そうだ。なぜ私はモナと結婚できないのか。〈モナはテレビの見過ぎだ〉。こういうところは、リチャードには尊敬できない。テレビでトークショーを見るかわりに、ニューヨーク・タイムズを端《はし》から端まで読むべきだ。〈それに彼女はジャンクフードを食べる〉。彼女以外の母親たちが、子供にもやしやスキムミルクを押し付けるとき、モナはチリドッグを作る。

「うちはみんな、おいしいホットドッグには目がないの」

リチャードが、彼女と娘たちとの夕食に初めて招《まね》かれたとき、彼女は言った。彼女は玉ねぎのかかったチリドッグを作り、ボウルにポテトチップを入れ、ブラウンシュガーをからめたベークドビーンズを出した。デザートには、アイスクリームをサーバーでよそい、上にハーシーズのチョコレートシロップをかけた。

「こちらは、ピーターマン教授よ」リチャードが、十八ドルのワインを古代文明からの遺物であるかのように抱えて玄関に到着したとき、彼女は言った。「私のアメリカ文学の教授よ。前に話したわね」

娘たちはほほ笑み、注意深く彼を見た。彼は言葉の分からない外国人になった気分だった。娘たちはいろいろと質問をした。彼は精一杯答えた。そう、学生クラブのパーティはかなり荒れるという話だ。そう、大学には格好いい男子がたくさんいる。

モナの娘たちは、リチャードが教えたことのある学生がいるのではないかと期待して、知っているだけの大学に行った青年の名前を並べたが、中に彼の教えた学生はいなかった。彼はがっかりさせてしまったような気がしたが、娘たちは笑って「そのほうがいいかも。どうせあの人たち、ネアンデルタール人だから」と言うと、くすくすと笑いながら、礼儀正しく、しかし好奇心を隠すことなく尋問を続けた。

いいや、彼は中絶選択派のデモには出なかった。いいや、彼は、女性への暴力を糾弾する「夜を返して」のデモには出なかった。突然彼は、そのことについて謝罪したくなった。彼は、ほっそりとした、黒っぽい瞳のモナの二人の娘を見た。二人とも母親と同じくカーリーヘアだった。下の子は歯の矯正中で、上の子は羽でできたイヤリングをしていた。彼は、どこかの男が女性を攻撃し、乱暴し、殴り、汚い言葉で侮辱したことについて、謝罪したくなった。

二人ともかわいらしい子だ、と彼は思った。モナの娘。しかし二人に待っているのは、どれほどの人生なのだろう？　彼女たちの世間に関する知識は、ほとんどがテレビ仕込みである。二人には、リチャードが今までたったの一時間もオプラ・ウィンフリーのトークショーを見たことがないことが信じられなかった。「嘘でしょ」と二人はくり返し言った。「もったいなさすぎる」

それは、その夜帰宅するためにモナの家を辞《じ》したリチャードが抱いた思いだった。〈愛だけでは、誰かと結婚するのに十分な理由とはならない〉。リチャードには分かっていた。〈セックスがすばらしいだけでも不十分である〉。その二つが合わさってもまだ足りない。モナの前では、リチャードは十代の子供並みだった。電話で話すだけでも硬くなった。彼女が研究室に来ると、彼は必ずキスを求め、ブラウスのボタンを外した。最初に寝たときは、あまりの激しさに彼は叫び出すところだった。それはまるで、モナが彼をばらばらにし、破片になった彼を愛し、それからまったく新しい人間へと組み立て直したかのようだった。

彼女が暗闇で、彼の名前を何度も何度も呼び、彼によじ登り、彼から飛び降り、落ち、浮かび、呻《うめ》き声を上げながらしがみついたとき、彼は彼女のことを、離れて行く自分の命であるかのように抱きしめた。彼女の皮膚を越えるまでぎゅっと体を押し付けて、彼女の内側に永遠に留《とど》まる自分の場所を作ろう、と思った。頭がおかしくなったのに違いない。相当に。しかし、モナが彼の名前を呼んだときだけは、彼ははっきりと自分の存在を意識し、その存在には理由があると信じられた。

「リチャード」彼女はそっと言った。「リチャード、リチャード、リチャード……」

あまりにもたくさんの、彼がモナと結婚できない正当な理由の数々。〈その一つ。モナが自分と結婚したいと思っているのか、よく分からない〉。彼女は結婚したいと言ったことはない。ときどき彼女は言った。

「リチャード、私たちが一緒に暮らしてたら、白黒の映画を借りてきて、パジャマを着て一緒に見るのにね。ほんとに好きな人だけ招《よ》んで、夕ごはんっていうのもいいわ。家中の全部の部屋でするとか……」

けれども、モナは絶対に、「私たちが結婚していたら……」とは言わなかった。

「妻って言葉は大嫌い」モナは言った。「すごく疲れる言葉だわ」

「疲れる必要はないんじゃないかな」リチャードは言った。

「どうして分かるの？　妻だったことがあるの？」

「言葉の意味に負けることはない」リチャードは言った。「新たに定義することもできるんだよ、モナ」

「妻とは男がひっつく相手ってことしか知らないわ。愛人っていうのは、男が選ぶ女のことよ。私は選ばれたいの」

この会話で、リチャードはいつにも増してみじめな気持ちになった。

リチャードにとって、女性はまったく未知のものというわけではない。彼は美男であり、十分と言っていいほどの頻度で人にそう言われている。毎日三マイル走り、食事にも注意している。女性たちに見つめられていることも知っている。深い関係を持ったこともあるが、しかし、この人のためなら人生を組み立て直す価値があると思えるほどの女性はいなかった。彼はある時点で、それは十年ほど前になるが、学術的、職業的に関連のない女性への関心を完全に捨て去った。実のところ、それほど難しいことではなかった。それから彼は、三冊の学術書と、数え切れないほどの評論を発表した。彼の人生は整然と御《ぎょ》されていた。

そこへ、少し白髪の混じった茶色のカーリーヘア、突き刺《さ》すような目、リチャードがなぜかセクシーと感じる目尻のしわを持つ女、モナが現われたのだ。彼女は後ろのほう、窓の近くに座っている。彼女がほほ笑むと、その顔は直線や曲線のしわだらけになる。リチャードの言ったことが、モナからすれば非常に馬鹿なことに映った場合、彼女は、何かとても大切なことを誤解している子供を見る母親のような目つきで彼を見た。その顔に浮かぶのは、寛容の表情だった。彼が、彼女の言うことを聞いていると力が抜けると言っても、彼女はまったく動じない。

「翌年はローズ奨学生で」リチャードは説明した。「オックスフォードに行った」

「あら、まあ」モナは笑って言った。「私もオックスフォードにいたわ（同名のアメリカの町）。二年のとき、学園祭クイーンに選ばれたのよ」

呆気《あっけ》にとられたその一瞬、リチャードは、彼女のこのくだらない自己実現は、彼のそれに並ぶか、もしかしたらより高級なのではないかと思った。ピンクのトイレットペーパーで飾りたてた山車《だし》に乗り、冠《かんむり》を戴《いただ》いて街中をパレードした経験を持つ女を感心させるのは無理ではないかと思った。彼は、道沿いに何マイルにもわたって並ぶファンたちににこやかに手を振《ふ》るモナを想像した。

彼は、モナが愚かで狭量な女だと思いたかった。彼女には思慮というものがなく、しかも無教養、という理由で別れることができたらどんなにいいだろう。しかし実際は、彼は自分自身の世界観を疑うようになっていた。自分はいったい何本ものいい映画を見逃したのだろう？

リチャードがカントやカミュを読み、脱構築と奮闘している間に、モナは子供たちにおとぎ話を読んでいた。つい最近まで、サンタクロースと、子供の歯が抜けたときにやって来る妖精と、イースター・バニーが実在する世界に生きていたのだ。彼女にとってその存在は、ピカソ、マティス、フォークナーにも匹敵するほど重要なのだ。

モナは、イースターの朝に色とりどりの卵を持って来る白いうさぎが本当に存在するかのように人生を送ることができる。それなら、ピカソのキュービズムの女を見て、そこに彼女自身を、まるで鏡でも見るようにはっきりと見出すことができるのではないか、とリチャードは思った。

彼女は、マティスによる、なまめかしい寝そべる女たち、色彩と模様であふれ返った部屋、開いた足、後ろにぐっと引かれた頭を、まるで、彼女の大学の学生クラブで一緒だった女友達の写真でも眺《なが》めるように見た。

モナはロンドンにも、ローマにも、パリにも行ったことはなかった。一方リチャードは、ディズニーワールドにも、イエローストーン国立公園にも、グランド・オル・オプリ(テネシー州のカントリー音楽イベント)にも行ったことがなかった。

毎朝彼は、モナと結婚しようと考えたり、彼女と一緒の人生を想像したりするのはもうやめろと自分に命じる。そして毎晩、また理由を数え出す。ある夜、彼は、説得力十分の理由を三十四まで挙げた。〈モナと結婚できない理由〉。泣きながら、ベッドの中で理由を考えていた。特に三十四番目の理由のことを。彼の腹部をナイフのようにえぐるその理由。リチャードはモナと結婚できない、なぜなら……。ああ、何といやな事実。この事実をなかったことにするなんて、親に与えられた彼の誕生をなかったことにするか、年齢をなかったことにするか、目の色をなかったことにするほうが、まだ苦悩の度合は低いというものだ。リチャードはモナと結婚できないのだ。なぜなら彼はもう結婚しているから。

リチャードは寝返りを打ち、ベッドの中の彼の隣にいる女を見た。ジョアナは口を少し開けて眠っていた。短い白髪に乱れはない。朝起きたときにも髪がきちんとしているという、あまりにも上手な彼女の眠り方には、リチャードはいつも感心させられていた。その気になれば、髪は梳《と》かさなくても、服さえ着ればまっすぐ銀行の仕事に行けるだろう。長年の間に彼は、同年代の女性ならするような白髪染めをしないことや、髪型をいつも能率的なカットにしておくことなどの、彼女の飾り気のなさに敬意を払うようになっていた。彼女は彼の知る中で最《もっと》も思慮深い女性であり、彼はそういうところを、ほぼ出会ったばかりの頃からずっと尊敬していた。

彼女は、二十七年の結婚生活の間、彼に多くを求めたことはなかった。それは、彼の研究の重要性と、彼には日常の雑事に邪魔されることのない一人で過ごす時間が大量に必要だという事実を理解しているからだ、とリチャードは思っている。彼女は、家庭の用事のせいで彼の研究に注《そそ》ぐべきエネルギーが奪われることがないよう、気を配った。子供なし。ペットなし。夫の帰宅を待ちわびるエプロン姿の妻なし。

結婚してからほとんどずっと、ジョアナの収入はリチャードの収入を上回っていた。彼女は金銭を管理し、投資計画を決定した。二人が経済的に安定、あるいは裕福でさえあるのは、全面的に彼女のおかげである。彼女は感謝されてしかるべきだ。

長年の間に、リチャードとジョアナの間には、理解が築かれた。彼のちょっとした不実な行為に気が付いても、彼女は目をつむった。

結婚して二年目のこと、彼女はいつも真ん中分けにして背中にまっすぐに下ろしていた腰まで届きそうな長い髪を切ったが、彼はそのことを許した。よく、髪を乾かそうとして陽だまりに座りながら、彼女がもつれを取るために髪を梳かすと、髪は静電気で頭から飛び立ったものだった。

ある金曜日の午後、リチャードが帰宅すると、ジョアナはキッチンに嬉《うれ》しそうに立っていた。頭のどこにも、三インチより長い髪はなかった。

「どう?」彼女は言った。

その後、ジョアナに本心を言えないことが何度もあったが、その一番最初はこのときだった。

「どうして切ったの」リチャードは聞いた。

彼女は笑って、彼に抱きついた。

「目の前にいるのは、ピープルズ・ナショナル銀行貸付部門の新責任者なのよ!」

翌朝彼女は、新しい灰色のウールのスーツを着て行った。彼女の輝く瞳は、しっかりと一点を見据えていた。それから何年かの後、彼女が経済的に彼よりもずっと成功したことを、彼は穏《おだ》やかに受け入れなければならなかった。彼の学術書は、一冊はニューヨーク・タイムズ紙で好意的な批評を受けたものの、それほどは売れなかった。ジョアナは、リチャードの性格の最悪なところをよく知っていたし、彼もまた、彼女の最悪なところを知っていた。そのうえ、彼女はリチャードの欠点を受け入れていた。だから、一緒に笑うことがないからといって、それが何だと言うのだ？　結婚は笑いごとではないのだから。そうではないかね？

「モナ」リチャードは説明を始めた。「同じ女性と結婚して二十七年。そんな男、そうたくさんはいないだろう？　そんなに長く耐えた男、何人知ってる？」

彼女は、横目に彼を見ながら言った。

「そうねぇ。リチャード。でも、あなた幸せ？　奥さんを愛しているの？」

いつも通り、モナのピントはずれていた。リチャードは、いらいらさせられる女だと思った。彼女は、「一緒にいてももう幸せじゃなかったし、一緒にいても将来また幸せになれるという希望もなくなったから」離婚した。彼女は、まるでこれがきちんとした道理であるかのように言った。リチャードがもっと詳《くわ》しく聞きたいと言うと、モナは彼の顔にそっと触れながら、首を振った。

「人生は短いものなのよ、リチャード」彼女は言った。「分かる？」

彼は何度も、モナに会うのはやめると決めた。何度も、その気持ちを告《つ》げた。

「モナ。この関係がうまく行くとは思えない理由は、あまりにも多すぎる。私は人生の半分以上もの年月、結婚を続けてきた男だ。父の結婚生活は六十三年間続いた。それは賞賛に値《あたい》することだと思う。最後まで結婚を守り抜くというのは。わが家では結婚は続くものなんだ、モナ。ピーターマン家の男は、死ぬまで結婚を続けるのだよ」

モナは、リチャードが正反対のことを言ったかのように、彼に笑いかけた。

「つくづく思うわ」モナは言った。「あなた、天国で神様に誉《ほ》められるといいわねぇ。賞なんてどう？ 青いリボンとか。永遠に着けてればいいわ。神は天国中に拡声器でお知らせになるのよ。『この男を称《たた》えよ。彼は愛していない女と共に一生を過ごした。彼は眼前に幸福があるときにそれを退《しりぞ》けた。彼は人生を、それがまるで罰であるかのように送った。この男に一対の翼を授《さず》けよ！ 彼は聖人である！ 彼は……』」

モナがしゃべり終わる前に、リチャードは彼女を引き寄せ、怒りに燃えながら、彼女の言葉を飲み込んでしまおうとするかのようにキスをした。

「ひどい女だ、モナ」彼は小さく言った。

彼は英米文学棟の研究室のドアに鍵をかけ、モナと寝た。学問の世界は、学生たちが往《い》き来《き》をし、教授たちが思索をし、清掃係の女性が掃《は》き掃除をする廊下に消えた。

しばらくして、彼は彼女を、くしゃくしゃに乱れたカーリーヘアを、今ならどんな文明の歴史よりも大切に思われる彼女の歴史が刻まれた体を、抱きしめた。彼女が三十六年間、基本的に彼がいなくてもしっかり生きて来たという事実が痛かった。

二人は、研究室のカーペットの上に寝そべった。彼女は二度、立ち上がって服を着るために、彼を振り払った。二度とも、彼は何とか引き止めた。

「もう少しここにいてほしい」彼は小さく言った。「頼む」

その夜、彼は電話して言った。

「モナ、リチャードだ」真面目で事務的な声だった。「おそらくこれ以上会い続けるのは無理だと知ってほしくて電話したんだ。分かってほしい。そして許してほしい」

「そうね、そのほうがいいわ」モナは、少しの沈黙の後でそう言った。

一週間後、リチャードは、セントルイスで開かれる学会にモナを誘っていた。『ソロー、独立独歩か自己陶酔か?』という論文を発表する予定だった。モナは題を聞いて感激した。行きたい、セントルイスで一緒に過ごす一週間が楽しみだと言った。

彼女は知らないことだったが、リチャードは、今度こそきっぱりと、二人の関係は終わりにすべきと言うつもりだった。人生、これほど望まないことはほかにないと言ってもいいほどだが、しかし、そうせざるを得ないのだ。さもないと、どうにかなってしまう。彼はもう、研究を疎《おろそ》かにし、モナと過ごす時間のことばかりを考えるような一年を過ごすわけにはいかないのだ。彼はこの一年で巧《たく》みな嘘をつくようになっていた。かわいそうなジョアナは、彼の言うことを疑いもせずに受け入れる。もう嘘をつくのはやめなければならない。自分を取り戻すのだ。本来の道に帰るのだ。

しかし、愛する女に、おまえを愛するのはやめることにしたと言うには、いったいどうしたらいいのだろうか。旅の楽しさで衝撃が和《やわ》らぐといいのだが、とリチャードは思った。話は最終日まで切り出さずにおくつもりだった。それまでは、ただ、いつも通りに互いを愛し、幸せに過ごせばいい。

モナは、娘たちを別れた夫のところに預ける手配をした。とても美しい黒のディナードレスを一着と、シルクのブラウスを二着と、ピーチシャーベット色のナイトガウンを一着買った。彼女はショッピングセンターからの帰り道、彼の研究室に寄り、興奮して顔を上気させながら、そのすべてをリチャードに見せた。リチャードは強く心を打たれた。大学院生のモナには、そんな買い物をする余裕はないはずだからだ。

「カードで買ったのよ」彼女は、これ以上ないほどの喜びに輝きながら言った。

出発の前の日、リチャードはほとんど一日中、買い物をしたり、スタイロフォームのピクニック用クーラーバッグに物を詰めたりしていた。チキンサンドを作った。ワインを買った。チョコチップクッキーと、フルーツと、クラッカーと、チーズと、パン屋のフランス風のパンを買った。コルク抜きも忘れなかった。布のナプキンも買った。それは自分でも驚いてしまう、しかし満足を感じさせてくれるささやかな気配りだった。彼は慎重に荷作りをした。大量の地図と好きな曲の入ったテープも入れた。車を転がしながら口笛を吹いた。

待ち受ける使命の重さに悩んで旅を台無しにすることだけはやめようと決意し、リチャードは、モナに告げる別れのことを完全に頭から追い出した。別れを告げる相手はジョアナであるような気がした。二人で町から出て行くとき、リチャードは、二十七年の義務に基づく結婚の後に、ようやく無実が証明されて釈放されたかのように幸せだと思った。世界が、百万ドルの小切手と完全な自由を詫びの品に謝ってくれたかのようだった。そのどちらも、セントルイスに着いたら存分に楽しめるのだ。リチャードは、町境を示す看板を通過するとき、モナの手を取った。そして、今までの人生で一番馬鹿げたことを言った。

「モナ。結婚したばかりで、セントルイスにハネムーンで行くふりをしよう。二人の前には永遠という時間が広がっているつもりになろう」

モナは手をぎゅっと握り、彼を見た。顔からは、欲望と疑念が入り混じったものが発散されていた。

「リチャード」彼女はほほ笑んで言った。「今までずっとそうして来たのよ、私」

二人は道路沿いの公園でピクニックをし、互いにチーズとクラッカーを食べさせ、恋愛中毒のティーンエイジャーのようにキスをした。車の中で手を握り合い、モナが彼の肩に頭をもたせかけて眠ってしまうまで、ショパンを聞いた。彼はカントリーのラジオ局を見つけた。モナは救いようなく感傷的な歌詞を聞いて元気になった。彼女はどの曲の歌詞もよく知っていて、ラジオに合わせて大声で歌った。リチャードは、どちらかと言えばひどいカントリーソングの「眠るとき、おまえはいないけど、俺はおまえの夢を見る」という一節に心を動かされていた。

「いい歌詞だね」彼は言った。

モナは娘たちの話をした。下の子が毎年違うペットをほしがる話。犬、猫、金魚、ハムスター、うさぎ、ボアコンストリクター(獲物を絞め殺す大蛇)。モナはそこを限界とした。モナはどこでもすぐに性的な象徴を見出す。彼女の説明によれば、それは彼女が女であり、エストロゲンがみなぎる体を持っているからということだった。

リチャードは、ボアコンストリクターの話を聞いて笑った。モナが姉に「男のあれは足と同じ大きさなのよ」と教わり、それを信じていた話を聞いて笑った。五年生の彼女と友人たちは、男の子たちに履《は》いている靴のサイズを聞いては、好奇心半分、恐怖心半分で、何となくためらいがちに出される答えを集めて回った。

リチャードが一番驚いたのは、自分が話していることだった。まるで彼の瓶《びん》に封じられていた部分のコルクがやさしく抜かれたかのようだった。彼は人生の物語を滔々と注ぎ出す。モナに味わわせ、飲ませ、消化させながら。しかも何たるざま、それがちっともいやではない。おそらく生まれて初めて、彼は話したいと思った。モナには母親の話さえした。それも苦しくはなかった。いったいどうしてしまったのだろう?

セントルイスでは、リチャードは自分の論文を発表した。姿を見せる義理があると思った二件の発表会に出席した。それ以外、彼はほとんど部屋にこもりきりだった。終わらない夜のように、部屋は冷房が効かされ、カーテンが閉じられた状態だった。リチャードとモナは何日もベッドに入り、話し、笑い、寝た。あたかもセックスが、高額すぎて手が届かなかったが、しかし先週、突然億万長者になったので手に入れることができたものであるかのように。二人は九食連続でルームサービスを頼んだ。

その週、二人は一度だけ、夕食のために出かけた。それはモナの新しい黒いドレスを無駄にしないためだった。

彼女は風呂に入り、リチャードが仰天したことに、ホットカーラーを巻き、それから目元に化粧を施《ほどこ》し、香水をまとった。警戒と驚嘆が同じ割合で混ざった気持ちで、リチャードはモナが仕度を整えて行くのを見守っていた。仕上がりを見たとき彼は、彼女がこの週の間ずっと持っていた自然の赤み、あの輝きは、化粧によってむしろ消されてしまったと思った。

リチャードは、化粧をしないで「完璧に自然」なほうがずっと好きだと言った。彼女は笑い飛ばした。

「すっぴんの私が一番好きだと思いたい、ただそれだけなんでしょう」彼女は言った。「そういうことにしたいなら、それでもいいけど……すごくやさしいのね」

リチャードにとって、化粧を全部落とした、さっぱりとした、水に濡《ぬ》れた、シャワーを浴《あ》びたばかりの、色あせたコットンのバスローブに包まれた、そんなモナを見たのは、この旅の一晩めが初めてのことだった。モナは恥ずかしがって、なかなかバスルームから出て来なかった。リチャードはベッドの上に寝転がってニュースを見ていた。モナが入って来ると、彼は立ち上がった。

「じいっと見るのはだめ」彼女は言った。

「そうは行かないよ」リチャードは言った。「とても……」

「水びたし?」

「美しいから」

リチャードには、自分の言っていることがどんなに馬鹿げているか、よく分かっていた。モナがちっとも本気にしていないのが分かった。

「見させて」

「髪を乾かさないとだめだわ」

モナはドライヤーを探して、やたらと荷物の入ったスーツケースの中をひっかきまわした。

「頼む」彼は言った。ぎこちなく、しかも思いがけなくやけに高い声が出た。

「何でなのかさっぱり……」

モナは彼のほうを向いた。髪は中途半端に細かく縮れ、肌はむき出しで、しかも滑《なめ》らかでなく、血色は悪く、唇に色はなく、目は小さくしょぼんでいた。彼女は、自信なさそうに小さく笑った。彼は目を逸《そ》らすことができなかった。

「さあこれで終わり」彼女は言った。「完璧に自然な姿。あなたの好きな姿よ」

リチャードは、きれいだと言いたかった。それが男の言うべきことであり、それが女の聞きたいことだからである。しかし、実際には、このモナが美しいのかどうなのか、よく分からなかった。違うような気がした。小さすぎるような気がした。まるでシャワーで大人の女の部分を全部流してしまい、彼の前に、カムフラージュするもの一切なしで、小さな少女になって、裸足で立っているかのようだった。彼は、守ってあげたいという気持ちでいっぱいになった。戦闘機が二人のまわりを飛び、爆弾を投下している間、彼女を地面に投げ出し、自分の身で覆《おお》って彼女を守ってやりたい。

緊張した面持ちで、モナはバスローブの紐《ひも》を解き、セクシーな女というよりは勇敢な女のようにローブの前をはだけさせた。彼女の完璧ではない胸、たっぷりした腰、腹に走る帝王切開の跡。彼女は丸く、柔らかく、強い。彼女の体は美しい。それは戦いをくぐり抜けてきたからだ、とリチャードは思った。彼女にそう言いたかった。しかしできなかった。彼は彼女に近寄り、ローブの中に手を滑らせ、首の湿り気の中に顔をうずめた。

「モナ」彼は言った。「いやになるほど、怯《おび》えさせてくれるね」

「それ、裸の女に言うようなことかしら」モナがつぶやいた。

リチャードは彼女を抱きかかえると、ベッドに運んだ。

「どこかのくだらん映画に入り込んだ気分だよ。これは現実なのか、モナ？　本当に起きていることなんだろうか？」

「私には現実だわ」モナはささやいた。

しばらく後、彼はバスルームに座り、モナが髪を乾かし、化粧をするのを見ていた。

「それ、どうして目のところに塗るの？」

「アイライナーよ。目がくっきりするのよ」

「そっちは？」

「マスカラのこと？　知らないの？」

モナは振り返ってリチャードを見た。

「奥さん、お化粧しないの？」

リチャードは、しばし考えた。

「どうなんだろう。しないと思う」

「何てこと」

「何が？」

「奥さん、すごく美人だからお化粧の必要がないのね。いやになっちゃうわ、リチャード。でも、もっといやになっちゃうのはねぇ、あなたが二十七年間、全然見ちゃいなかったってことよ」

「ジョアナのことは話したくない」

「一つだけ教えて」

「何」リチャードは呻《うめ》いた。

「奥さんを愛しているの？　リチャード」

リチャードは「当然だよ。いやになるけど、妻を愛している！」と言いたかった。この年月を思えば、そう言われてしかるべきジョアナのために、それに、奇妙なことに、ジョアナを愛する彼はモナの目にはよく映るようだから、モナのためにもそう言いたかった。だが何よりも、自分のためにそう言いたかった。愛を持続させることができたらどんなにいいだろう。自分の人生の構造が、惰性を越えた何かの上にあったならどんなにいいだろう。しかし、今ジョアナに対して持つ思いは、それがどのような気持ちが合わさってできているものであるにせよ、愛ではなかった。モナは彼にその事実を突きつけた。

「君を愛している。モナ」リチャードはやけになって言った。「それしか分からない」

その夜、夕食に出かける前、リチャードは湯が尽きて出なくなるかと思われるほど長くシャワーを浴《あ》びた。モナが見ている前で、テレビCMの場面のように髭を剃《そ》った。存分に時間をかけてゆっくり剃った。ダークスーツを着た。モナはそれを着たところを見たことはない。高価なスーツで、着ていると、よく魅力的な女性にほほ笑みかけられ、背はどのくらいあるのと聞かれた。

食事の席は洗練されていた。値段はおそろしく張った。しかしそれが何だというのだ? リチャードにとっては、その夜は最後の晩餐にも匹敵するのだ。彼はワインを追加した。彼とモナは、瞳をじっと見つめ合った。言葉はすべて、発せられるたびに空に消えた。言葉は付属品でしかなく、二人だけにしか分からないメッセージが暗号でやり取りされた。リチャードには、彼の周囲の人々みんなが二人を認めてほほ笑んでいるように思えた。

「こんなこと、どのくらい続くのかな」

酔ってベッドに入ると、リチャードはモナに聞いた。

「この気持ちが消えてしまうまで、後どれだけあるのかな。それからどうなる? 次は何が?」

「『飛ぶのは今、支払いは後』っていうプランじゃなかったかしら? リチャード」

「そうだったかな」彼は聞いた。

「私は違うけど。私は、『積極人生』っていうプランだから」

リチャードは呻いた。

「ありきたりだけど」彼女は言った。「人生とは大きな厳しい試験で、それに合格したら来世ではいいことがある……そんな気で頑張ったこともあるわ。でも変よ、そんな試験は。ものを知らないほうが、何もしないほうが、結局得点が上がるのよ」

リチャードは寝返りを打ち、天井を見た。モナの言葉はいつも、柔らかい銃弾のように彼に当たる。彼女の言うことが真実だからではなく、彼女がそれを真実だと思っているからだ。これは痛い。彼がこわがっていると彼女が思うのと同じくらいに。彼女が彼はこわがっていると指摘したことはないが、目がそう言っていると思うことがあった。

「私は自分が英雄だと言ったことはないがね」リチャードは言った。

「英雄になることが大切なんじゃないわ」モナが言った。「あなたのおかげで、私、今までで一番幸せなのよ」

そして、これが一番の常軌を逸した行動だった。リチャードはモナの言葉を聞いて、それを信じたのだ。彼は、それこそが真実なのだと思った。

「こんな幸福があるなんて思ってもみなかった」モナに顔を向けながら彼は言った。

「五十近くにもなって、幸福がこわいんだよ、モナ」

モナは肘《ひじ》をついて起き、にっこりと笑った。

「誰でも幸せになるのはこわいのよ、リチャード。だから幸せを邪魔するような決まりごとが、こんなにたくさんあるんじゃない」

セントルイスでの一週間の間、リチャードは、モナを所有した。彼は、そんな用語を使って考える自分を恥じた。女を所有したいというよこしまな強欲、これこそが多くの男を破滅へと導いたものではなかったか？　その女を、何度も何度も勝ち取るための、続いて科学の発見に研究者の名前を冠するかのように、その女は自分のものであると宣言するための、果てしない努力。男は物質に、発明に、病気に、まとまった土地に、女の体に、自分の名前をつけたがる。

彼は、モナが彼より先に現われた過去のすべての男と、彼より後に出会うかもしれないどこかの男を忘れるくらい、激しく彼女を抱きたいと思ったのではなかったか？　男なら誰でも、愛した女には何かを置いて行きたい、その心に男のイニシャルの形をした傷を残したいと思うのではないか？　リチャードも同じではないのか？　彼女が絶頂を迎えようとする差し迫った瞬間に彼の名を呼ぶのを聞くと嬉しいのはなぜなのか？　彼自身の名前が、モナの口から発せられると、ささやきだろうが絶叫だろうが、こんなにも心地好いのはなぜなのだろうか？

セントルイスでの一週間が終わりに近付くと、リチャードは家まで運転するのがいやでたまらなくなってきた。彼は、別れを切り出すのは帰り道まで延ばすことにした。町境を越えて、二人の別の生活がある、あの町に入ったと思うところまで。

リチャードは、残りの日数をひそかに数え始めた。後三日だけだ。彼は自分に言った。後二日。ああ、後一日しかない。それから時間を数え始めた。二十一時間。十二時間。八時間。週の終わりが近付くにつれ、彼は混乱して行った。

リチャードの機嫌が変わりやすくなったのを見て、モナは静かになった。彼は一人黙考していたかと思うと、いきなり嘆き悲しみ始め、かと思えば、突然モナをつかんで、彼女の骨を折らんばかりの勢いできつく抱きしめた。そのため、彼女の気分も落ち着かなくなって行った。彼女は不安になった。何度もリチャードに手を伸ばしては、彼のことを記憶しようとする盲目の女性のように、彼の顔や、手や、体を触った。

セントルイスでの最後の日、モナは、娘たちに一度も電話をしていなかったことに気が付いた。リチャードも、ジョアナに電話をしていなかった。

リチャードは家に帰って、ジョアナのベッドで眠る自分を想像した。突然、「彼女の」ベッドに入らせてもらっているような気がしてきた。家全部が「彼女のもの」であるような気がしてきた。「彼女の」車。「彼女の」家具。「彼女の」口座。彼が小さな部屋とダブルベッドの狭い側を賃借させてもらっている「彼女の」生活。

この前、彼女がベッドの隣に彼がいることを意識したのはいつのことだったろう。この前、彼女が気に留めたのはいつだったのか。彼には、最後に妻と寝たのがいつだったのか思い出せなかった。彼女にキスするのをやめたのはなぜだったか。彼女が服を脱《ぬ》いでベッドに入るところを見なくなったのはなぜだったか。暗闇で彼女のほうに手を伸ばすのをやめたのはなぜ?

何年も前から、彼にはそのような気持ちはなくなっていた。おそらく、そのさらに何年も前に、ジョアナのほうにそのような気持ちがなくなっていたからだ。宣言したわけではないが、明らかだ。彼は、彼女が無関心でよかったと思っていた。ほっとしていた。今は、彼女が着替えているところに入ってしまったときや、寝返りを打って彼女の近くに行ってしまったときは、彼は「ごめん」と言う。しかし、いったいいつから、彼女は彼に背中を向けて寝るようになったのだろう?

　セントルイスから家への帰りのドライブは、行きのよりも長いような感じがした。雨だった。フロントガラスのワイパーはせわしなく動いていたが、雨が容赦なく降るので、進むのに時間がかかった。

　リチャードは沈《しず》み込み、モナが無理して明るくふるまってみても、やはりそのままだった。五回か六回、彼は入念に練習した退場のセリフを言おうとした。

「何と言ったらいいのかな、モナ」

「言ってみて」

「考えていたことがある」

「はい」

「たぶん、私たちは」

「何」

「……また来年もセントルイスに行けるようにするべきだ」

「ずっとこうしているわけには行かないよ、モナ」

「こうしているって?」

「今みたいな状態だよ。分かるかな。こんなに幸せなままでいられるはずがない」

「もう会えない、と言ったらどうする?」

「って言いたいの?」

「まさか。違うよ。もし言ったらどうする?」

あまりにも愚かしく、無意味だった。リチャードは臆病なのだ。四十八歳なんかでなければ、ラスベガスに飛んで、その場でさっさと離婚して結婚するような無茶のひとつもしたかもしれない。あてもなく車を飛ばしていたかもしれない。キーウェストか、メキシコか。どこに着いたかなんて後から知ればいい。しかし、もう遅すぎた。何もかももう遅すぎる。どうしてこんなにたくさんの時間を無駄にしたのだろう。

「リチャード」モナが言った。「あなた大丈夫?」

「いや」彼は言った。「話したくない」

モナの家には、娘たちと一緒に別れた夫がいた。感じのよい人物で、リチャードより若く、鍛《きた》えた体をしていた。彼はリチャードと握手するために手を出してきたが、リチャードは、その動きを取り違えて理解したかのように、すばやくモナのスーツケースを彼に手渡した。本当は、モナが愛した男の手を握るなんて耐えられなかったからだ。モナを幸せにすることのできない男がまた一人。その男の姿を見たせいで、気分が悪くなった。彼はずっと無愛想なままでいた。彼女を大学の実地調査に連れて行った付き添い人のような調子で、モナにさよならの挨拶をした。

「こんなに楽しかったことってほかにないくらい。どうもありがとう」彼女は言った。

「こちらこそ」

リチャードは、公の場所用のよそよそしい声で言った。英語の教授のようだった。二人は車寄せで握手をした。彼は、自分の目が彼を裏切ってだらしなく感情を見せたりしては困ると思い、モナの目を見ないようにした。彼女がいつまでも彼の手を握り続けていたので、彼は自ら手を引かなければならなかった。

リチャードが車を出す頃、雨は上がろうとしていた。彼はバックミラーで、車寄せに立つ、乱れたうえに雨で縮れた髪をしたモナを見た。

「セントルイスはどうだった?」ジョアナが聞いた。

「よかったよ」リチャードは言った。

「そう。よかった」ジョアナはレインコートを着ていた。「お腹空《す》いてるなら、買って来た中華料理の残りがあるから」

「腹は減ってないよ」リチャードは言った。

ジョアナはキッチンのカウンターから車のキーを取り、ハンドバッグに入れた。

「遅くはならないわ」彼女は言った。「火曜日だから」

リチャードは頷《うなず》いた。火曜日の夜、ジョアナは銀行の部長会議に出る。

「さびしかった?」リチャードは言った。

ジョアナは彼を見て、そっけなく少しだけ笑った。物入れを開けて、傘を探した。

「答えて」リチャードは求めた。

「リチャード、どうかした?」

「一週間もうちにいなかったんだ。気付いていたのか、教えてくれよ」

「叫ばないで。どうしてしまったの？　遅刻するから……」

「行くな」

「え？」

「会議は休め。ここにいて、私と話せ」

「頭がおかしくなったの？」

「私か銀行か、選んでくれ」

「飲んだのね」ジョアナは言った。「リチャードったら年を考えて。もう寝たら」

彼が答えるより先に、彼女は外に出て、後ろ手にドアを閉めていた。

リチャードはキッチンの窓辺に立ち、ジョアナが車へと歩き、席に乗り込み、シートベルトを締め、バックで道路に出るのを見ていた。彼女が出て行き、車で去り、角を曲がって消えるのを眺めていたら、とてつもない解放感に満たされた。彼女がこのまま行ってしまったのなら？　もう戻って来ないとしたら？　ほんの一瞬、世界は可能性に満ちあふれた場所だという気がした。リチャードは電話に駆け寄って、モナに言おうかと思った。「ジョアナは行ってしまった」彼はそう言うのだ。

しかし、そんなことは起こらないだろう。ジョアナは帰って来るし、そのとき、彼はそこにいる。今夜も、その後も。なぜなら二人がそれを望んでいるからだ。二人は、男と女が長いこと一緒にいれば味わいもする失望にも対峙《たいじ》してきたのだ。今やおそれるものは何もない。彼がこれ以上ジョアナを失望させることはないし、ジョアナが彼を失望させることもない。だから二人は安心だ。新たに幸せを選ぶのはいやだ。彼はもう四十八だし、疲れているから、そんなに大きな労力は使えないのだ。モナを、彼が自ら作り替えてしまった今のジョアナのような女にしたくはない。だからリチャードはジョアナとの結婚生活を続ける。彼を見ない、話を聞かない、彼がいなくてもさびしいとは思わない女。だからこそ、いつまでも彼女と一緒にいるのだ。幸せがこわいからではない。幸せになった後がこわいからだ。

「明日、モナに別れると言おう」リチャードは大声で言った。「今度こそ。明日の朝一番で言う」

リチャードには分かっていた。自分は今夜もジョアナの隣に横たわり、最新のリストを作る。モナと結婚できない理由。いやはや、彼は一生こうしているのだろうか。自分はいったいどういう男なのだろう。これはいったいどういう人生なのだろう。

彼は台所のテーブルにつき、手で顔を覆いながら、モナを思った。バスローブを着てホテルの部屋に立っていたモナ。彼女の濡れた髪、緊張した笑顔。

「でも、あなた幸せなの、リチャード？　奥さんを愛しているの？」

彼女は聞いたのだ。

リチャードは、テーブルの上にある塩入れと胡椒入れを指でなぞった。彼とジョアナが結婚祝いにもらったもの。一つにはS、もう一つにはPと書いてあるごく普通の緑のセット。しかし長い年月の間に、SとPはこすれて消えていた。今では、皿の上で振って出してみないと、中味が塩なのか胡椒なのか分からない。

人生は憎たらしいほど悲しい。リチャードは思った。

地面に叩《たた》きつけられたときに起き上がる方法

話を進める前に、まずこれを認めさせてほしい。私はもうマーサのことが好きではない。彼女の夫は私の夫の上司であり、社会的に政治的に生き残るために、彼女を好きでいなくてはいけないことはよく分かっているけれど。それが私の役割の一部であることも承知している。私の役割は、うまくやって行けない人々と仲良くすることなのだから。ひたむきにそれに努《つと》めていた時代もある。ブラザーに聞いてみるといい。彼は私の夫だ。彼なら知っているはずだ。

マーサのことを親友だと思っていた時期もある。彼女の、私の面倒を見ているかのような態度や、私に関係することならどんなに些細《ささい》なことにも首を突《つ》っ込んで来る様子を見れば、誰だってそう思ったことだろう。けれども、それはみんな作り物だったのだ。この偽物《にせもの》っぽい感じというのは、たぶんカリフォルニア式のことなのだ。ハリウッドのやり方が人にも伝染したのだろう。分からないけれど。

私がマーサを違う目で見るようになったのは、マーサの夫ジェフが、人類の創世のときから体育部にいる人間を解雇し始めたときだった。誰でも知っている。ジェフ・カーターという人は、結婚してからというもの、女房のカリフォルニア・マーサに賛助、承認されていないことは何一つしたことがないし、しかもおそらく、彼女に提案されたのでないことは、何一つしないのだ。

三年前、ジェフはウェスタン大学体育部の部長になり、彼とマーサはカリフォルニア州ホットスポットからこの町に来た。この意味が分かるだろうか。次に気が付いたときには、体育部の終身雇用の職員は、ハエのように落ちて行くところだった。私の夫、ブラザーは、終身雇用ではない。彼はフットボールの監督だ。終身雇用なんて関係のない職業だ。保障のない、悲劇的な種類の職業だ。

ジェフ・カーター自身も元運動選手だ。だからこそ体育部部長の仕事に就《つ》いたのだ。けれども、「一度選手だった者は、いつまでも選手」などと思うのはやめたほうがいい。ブラザーはスポーツの格言をすべて信じたがるけれど。おめでたいことに。一方私は、元運動選手が最《もっと》も残酷な類《たぐい》のビジネスマンに変身するところを見てきた。胸のすくようなヒットを賞賛するとしても、その観点は以前とはまったく違うものになる。最終スコアは損益分岐点を意味するようになる。世の中、そのためなら命も懸《か》けるという大人の男性がいるものだ。そういう人、ご存知でしょう?

ジェフは、何年かボストンでベンチ入り中心のプロ・バスケットボール選手をし、以来、ただ煙《けむり》の上を滑《すべ》るような人生を過ごしてきた。彼は、際立った活躍をするということがない。特徴と言えば、背が高いことだ。ものすごく高い。ときどき思うのだが、あれだけ高ければ十分だ。人々は彼の名前を覚えるし、あまりにも背が高いから、仕方なく彼を見上げる。

私自身は、ジェフに対して悪感情は持っていない。私にとっては、彼はただの結婚に漬《つ》かりすぎた男でしかない。それだけ。いわば性格のいい操《あやつ》り人形なのだ。彼の妻は、そのちっちゃな指に彼を操る糸を巻き、いくつものこんがらがった結び目を作って、彼を混乱させる。私の意見では、彼はひそかに妻をこわがっている。私がそう言うと、ブラザーは笑った。ブラザーはいつ何時でも笑いを忘れない。何についても、げらげら笑うことができるのだ。私とは違う。私の笑いのセンスは、この何年かでかなり作り替えられたように思う。今の私には、何がおもしろくて、何がおもしろくないのか、よく分からない。

実は、マーサ自身もバスケットボール選手と言っても通りそうだ。彼女の背も高い。六フィート以上ある。おかげで出会った頃の二人は、自分たちは完璧なカップルだと思ったことだろう。もしかして今でも。しかし、ジェフとは違って、マーサは体重過多でもある。実のところ私は、彼女の中にはある種の傾向があるのではないかと思っている。性悪になればなるほど、どんどん太るのだ。彼女は、体重との戦いに大変な努力を傾《かたむ》けている。それが正義というものだ。私はそれを一応の慰《なぐさ》めとしている。

たとえば先週のこと、私は書店でばったりマーサに会った。その日はものすごく、たぶん人が死ぬほど寒かったというのに、彼女はコーンでアイスクリームを食べていた。私が「あら、マーサ」と言うと、彼女は飛び上がってコーンを後ろに隠し、私が行ってしまうまでそうしていた。彼女が後ろに何かを隠していることに私が気が付いていないかのように。私がもっと意地悪だったら、「後ろに何を持っているの、マーサ？　見せて。見せてよ」と言っていただろう。でも私はしなかった。どのみち、とっくに分かっていることだったし、それに、そんなことで気まずい思いをさせ、機嫌を損《そこ》ねるのはよくないと思ったからだ。体重を落とすのが大変なことは、私もよく知っている。私も一度か二度、頑張ったことがある。だけど、それにしてもあれは妙《みょう》だった。私は、アイスクリームがぽたぽたと落ち、彼女の後ろで水溜《たま》りとなって行くのを見ていた。いや、違う。あの日は屋内にいても寒い日だったから、解《と》けるなんてことはなかったはずだ。

私は「会えてよかったわ」とだけ言って、自分の用事に戻った。用事というのは、話に聞いた本、『あなた自身の親友になる方法』を買うことだった。私はすでに『いい人に悪いことが起きるとき』と『まだあまり人が旅していない道』という本を読んでいた。ブラザーは、私が読んでいる本のタイトルを見て、頭を振《ふ》る。彼は心理学には興味がない。「良質の殺人ミステリを読んだほうがいいよ」と言う。

マーサが私に電話をして来て、彼女のリッチでおもしろいカリフォルニアの友人の一人であるワンダ・シャピロが、ブルーリバーで大変な自動車事故に遭《あ》い、ハリウッド大物タイプである彼女の夫、ハロルド・シャピロが亡くなったと言ったとき、私は、そう、とても驚いた。当事者のことを知らなくても、死というものには、いつも大きな衝撃を与えられる。私は、自分がその人たちの立場だったらどうなるかを想像した。死ぬときの気持ちと、愛する人が死んで行くのを見るときの気持ちを感じることさえできた。以前に練習したことがあるような感じだった。

「ワンダはレンタカーを運転していたの。彼女がハイウェイに張った黒い薄氷で滑ったとき、ハロルドは助手席でぐっすり眠っていた」マーサは説明した。「もちろん、カリフォルニアから来たんだったら、道路の薄氷を見ても、何なのか分からないでしょう。ワンダには分からなかった。それで車はコントロールを失《な》くして滑って。えっと、後輪が前輪よりも前に行こうとするときの横滑りのあれよ。ワンダは思い切りブレーキを踏《ふ》んだの。氷の上の運転に慣《な》れていなければ、当然よね。車は、輪を描《えが》きながら激しくスピンして、道端に止まっていた州の除雪車に衝突した。ハロルドは即死だったの」

「ひどい話だわ」

一瞬、ブラザーと私を、ハロルドとワンダに置き換《か》えながら、私は言った。もし人に事故だと思われなかったらどうなるだろうか？　わざと彼を死に追いやったと思われたら？　私はどうやって無実を証明するだろうか？

「ハロルドが眠りから覚《さ》めたのか、ワンダには分からないの。知らないままであってほしいと思っているわ」マーサが言った。「彼女の叫《さけ》び声でも、衝突でも、彼は目を覚まさなかった。ワンダは今、『どうしよう神様、どうしよう神様、どうしよう神様』ばかり言ってるわ。ワンダが信仰深かったためしはないのに。大変な悲劇だわ」

ワンダのほうは軽い怪我《けが》をしただけらしかった。しかし当然、彼女の気持ちは、別に言葉遊びをする気はないけれど、めちゃくちゃに壊《こわ》れていた。だから彼女は、少しの励《はげ》ましと慰めを求めて、北西部で知っているただ一人の人、マーサに電話をかけた。マーサは、クリスタルフラッツに来て、ジェフとマーサの家に何日か泊まるように薦《すす》めた。気が済むまでゆっくりと滞在すればいいからと。

私が入って行ったのは、そういうところだった。マーサは私に、彼女が用事で出かける間、家に来てワンダのそばにいてほしいと言った。今はフットボールのシーズンだ。今週末、マーサとジェフは、理事会のメンバーとその妻に加えて、大口寄付者を接待することになっていた。ウェスタン・グレイウルブズにフットボールチームに必要な数々の恩恵と人工的な好意を供給し続ける人々だ。万事を、つつがなく執《と》り行なわなければならない。私もまた、そういう種類のパーティを開く。みんなが親しげに、無遠慮に、私や夫のことを批判できるように人を家に招くときの感じなら、私もよく知っている。ただし体育部部長は、フットボールの監督の悪口を言って、矛先《ほこさき》を逸《そ》らすことができる。でも監督には悪口が言えない。そこが大きな違いだ。

「ワンダのような状態の女性は、一人にされてはいけないと思うのよ、ケイダ」マーサが言った。「ああいうことの後ではね。それはもろいの。とっても落ち込んで」

「分かった」私は言った。「行くわ。もちろん」

それはワンダという、会ったことのない、知らない女性のためだった。マーサのためではない。彼女は、私たちが話しているときでさえも、ブラザーと私に何か悪さをしてやろうとねらっている。彼女と同じ空気を吸《す》っているすべての瞬間、私はそういう気配を感じていた。

思うに、私は当初、彼女のキリスト教徒婦人クラブ的活動を、すっかり信頼してしまったのだ。私の南部人気質のせいだろうか。私は、信心深い人々のことは、単に疑わしいだけでは証拠不十分だから無実にしてあげなさい、と教えられてきたのだ。その結果、だいたいいつも、ひどい目に遭うのは私だった。だから今の私はたぶん、疑わしいだけなら無実とかいうその考え方を、疑わしく思うべきなのだ。

ここ数年、私は皮肉っぽくなっている。自分のそういうところがいやだ。フットボールの試合に勝てば、誰にとっても最高のものがもたらされる。しかし、試合に負けると、間違いなく、最悪のものがもたらされる。私は過去八年間、試合にまつわる光と影を見てきた。その影響は私の上にも表われている。みんなそう言う。鏡を見なくても分かる。

「それとケイダ」マーサが言った。「ブラザーは土曜日は絶対勝つって約束してちょうだい。ノースウェスト州立大に勝たないといけないのよ。ジェフと私は、できる限りのことはしてきたわ。でも最近は厳しいってこと、言わなくても分かるでしょ。新聞を読んだはずだし、話にも聞いているはずよ。勝つ以外にブラザーを救えるものはないのよ。だから約束してちょうだい」

私に何をしろと？　ブラザーが楽勝すると約束しろと？　負傷した選手たちが奇跡のように回復してフィールドに出ると、ブラザーが足りない選手の数を多すぎるほどに増やし、小さすぎる選手を大きすぎるほどに育て、のろすぎる選手を速すぎるほどに変えると約束しろと？　私は何も言わなかった。心の中で確信していたからだ。マーサは私たちに負けてほしいのだ。

信じられないかもしれないが、私は別にパラノイアではない。パラノイアになったスポーツ監督の妻なんて、水の中の鳥のようなものだ。生存はまず無理だ。でも私は、立てた羽から批判を滑り落とす方法を知っている。地面に叩《たた》きつけられたときに起き上がる方法を知っている。私がつらいと思うのは、私たちがそうやって苦しむのを見るのを、マーサが楽しんでいるということだ。彼女は、人の傷口に塩を擦《す》り込む機会を逃《のが》さない。特に好きなのは、ブラザーと私に関する人々のひどい悪口や、グレイウルブズの勝敗数をくり返し言うことだ。私は、マーサがブラザーをクビにする計画を着々と進めていることを知っている。彼女にとってこれ以上楽しいことはない。彼女が策を練《ね》って、女子ソフトボールの監督をクビにし（レズビアンだから）、バスケットボールの監督補佐二人をクビにし（二人が関係しているという噂だから）、それに当然、ジェフが雇《やと》われたときの体育部の部長補佐全員を、展望に欠けるとかいう罪状でクビにしようとしている間、私は彼女のことを本当の友達だと信じ、彼女のそばにいた。私は彼女のやり方を知っている。親切に近寄るというその手口を。気が付くと、おっとっと、背中にナイフが突き刺《さ》さっている。

ジェフが誰かをクビにすると、マーサは誰よりも早くその人の家に走り、妻を抱きしめ、何か信心深そうなことをささやく。彼女がカードに書きなぐった聖書の一節を手渡すのは有名な話だ。「私よりもずっとうまく気持ちを表わしてくれるから」。彼女はペギー・ウィットに、ペギーの夫のウェアがほぼ二十二年にわたって勤めて来た体育部部長補佐の職をクビにされたときに、こう言った。ペギーは、まるで乞食になってお金を受け取っているかのように、その聖書の一節を手に受け取った。私はそのすべてを目撃した。胸が痛んだ。キリストが神の名のもとに誰かに善行を施させるとしても、マーサほどそれにふさわしくない人間はいない。本当だ。

ペギーとウェアからは手紙が来る。ウェアに短大での仕事が見つかって、二人は今はアーカンソーのどこかに住んでいる。ペギーは、「ここの人たちは親切です。でもやっぱり故郷ではないのです、ケイダ」と書く。彼女は、私がその気持ちを理解することを知っている。私は、彼女がアーカンソーはいいところだと思えるように、手紙にこの土地の天気のことを書く。

私はブラザーに、マーサのことを警告しようとした。しかし彼は耳を貸さない。彼は、私は大衆向け心理学の読みすぎだと思っている。ジェフに、今シーズン一貫して味方を続けると言われ、それを信じている。彼はジェフが好きだ。ジェフを信頼している。ジェフなら、新人獲得やグレイウルブズに蔓延《まんえん》する怪我のことを理解してくれると思っている。彼は、ジェフは自分と同じ、不屈の理想主義者だと思っているようだが、それは違うのだ。ジェフはマーサがなれと言う者になる。私が思うに、彼に背の高い男になれと言ったのは、マーサに違いない。

マーサの家で、私はワンダに紹介された。真っ赤な髪のワンダは、ペーパータオルを手に、静かに泣いていた。私はワンダを抱きしめたが、彼女はそんなことをされてショックを受けたようだった。私もだった。私たちはお互いのことを知らないのだ。

南部では、人々は何かというとすぐに抱きしめ合う。けれども、ここ西部の人は、あまり人の体に触《ふ》れない。特に赤の他人には。私は苦労してそれを学んだ。私は、あるとき、ここの教授の腕をつかんでしまった。私たちの会話が、「実はここだけ」の話や秘密の告白に及んで盛り上がっていたときだ。私はただ手を彼の腕に当てただけだったのだが、彼は飛び上がらんばかりに驚いていた。ただ「私たちって人間なんですね、それってすごいことじゃありません？」と言いたかっただけなのだが、彼は、まるで私が泊まっているモーテルの鍵を渡しでもしたかのように、私のことを見た。今、彼は必死で私を避けている。だから私は一瞬、夫を失ったばかりで、突然世界と向き合うことができなくなってしまった、このワンダに謝るべきなのか悩んだ。

「どんなに大変だったことでしょう。お察しするわ」私は言った。

「いいえ、それは無理よ」ワンダは言った。「とても想像はできないわ。きっと今にも目が覚める、と思い続けるこんな気持ちのことは」

「ラニーが死んだときに感じたのはまさにそれだったわ」私は言った。

「ラニー?」

「ごめんなさい」私は言った。「ひどい比較だわ。忘れてちょうだい」

「ラニーって誰なの?」ワンダは聞いた。

「まったく別の話だから」私は言った。

「教えてちょうだい」彼女は続けた。「ラニーって?」

「うちの犬なのよ」私は言いながら俯《うつむ》いた。「ごめんなさい。ひどいことを言ってしまって。ただ、私たち、人を愛するのと同じくらいにあの子を愛していたものだから」

「分かるわ」彼女は言った。「うちにも犬がいるのよ。パグが二匹。ヒズとハーズ。そういう名前なの。彼のものと、彼女のもの。あの子たちに何と言ったらいいかしら。ハロルドはもう帰って来ない、散歩に連れて行ってはくれない、犬用ビスケットをあげるから早くおいで、ジャンプして取ってごらんって口笛を吹いて呼んではくれないんだってこと、どうしたら説明できるかしら。あの子たち、そういうことが大好きだもの」

「あなたの悲しみを読み取るわ」私は言った。「理解するわよ。犬というのは、私たちが思っているよりもずっと賢いものだから」

「ああ、どうしたらいいの神様」ワンダは言った。

「分かるわ」

「あなたはどうしたの」彼女は鼻をかんだ。「犬が死んでしまったとき」

「泣いたわ。泣きすぎて具合が悪くなってしまった。吐《は》いてしまうほどだった。それから、自分のするべきことをしたの。前に進むのよ。たとえ起きたくなくても、朝はきちんと起きる。夜はベッドに行く。呼吸を続ける」

「私にできるかしら」

「できるわ」

「でも私は運転していたのよ」ワンダは小さく言った。「頭から離れない。ハロルドはいつも自分が運転するって言っていたわ。あのときを除《のぞ》いて。ものすごく疲れてしまったと言ったの。一時間もしたら起こしてくれって」

ワンダはそう言いながら、その言葉が喉《のど》に引っかかる障害物であるかのように、むせ出した。

「彼が運転していたらって、考え続けているの。いつも通りに彼がって。そしたら死ぬのは私だった。彼は死ぬはずではなかった」

「二人とも、キッチンにいらっしゃいよ」マーサが私たちの腕をつかんで言った。

「コーヒーが入ってるわ」

私たちはマーサのキッチンのカウンターに座った。彼女が熱いコーヒーをマグカップに注《そそ》ぐと、カップは煙の出るキャンドルで、私たちがしているのは宗教儀式であるかのように、私たちはカップを顔に近付けた。

「今、これからのことを話していたの」マーサが私に説明した。「ハロルドのご遺体のこと。ブルーリバーから電話があって。どうしたいか教えてほしいらしいの」

「火葬にしなくちゃ」ワンダが言った。「彼の希望だから」

「ブルーリバーで手はずを整えてくれるでしょう」マーサは言った。「それから郵便でワンダのところに送ってくれるわ」

「郵便は信頼できないわ」ワンダは言った。「こういうことについてはね。途中で遺灰を失くされたらどうするの？　箱が潰《つぶ》されて、遺灰があの白い手紙やら請求書やらの上にばら撒《ま》かれてしまったら？　彼の遺灰が『ご入居人様各位』なんていう広告と一緒になってしまうの？　そう思うといやだわ」

「そんなことにはならないわよ」マーサが譲《ゆず》らず言った。「特別の配達とか、そういうものがあるわよ」

「彼がカクテルパーティの招待状みたいに郵便で送られるなんて、いや」

ワンダは、カップをカウンターの上に乱暴に置いた。コーヒーがこぼれた。

「もっと丁寧に扱《あつか》われて当然だわ」

「ここにご遺体を送ってもらうこともできるのよ」マーサが私に言った。「でも今朝電話で聞いてみたけど、クリスタルフラッツには、火葬のできるところはないの。一番近いのは、ボルダーね」

「それが一番よね」ワンダが言った。「彼をボルダーまで送ってもらって、そこで火葬してもらうわ。ブルーリバーよりも近いもの」

彼女は、底に表われている答えを読もうとするかのように、コーヒーのカップをじっと見つめた。涙が頰《ほお》を流れていた。鼻も垂《た》れていた。しかし、どうやら気が付いていないようだった。

「あなたさえよければ、ワンダ」私は言った。「私がボルダーまで行って、ご遺灰を受け取ってくるわ。そうしたら郵便に預けなくてもいいもの。ここにいるあなたのところまで、私が自分で届けるから。安全で確実でしょう」

私には、どうして自分がそんなことを申し出ているのか分からなかった。考えるより先に言っていた。しかしワンダを見ていたら、彼女の崩《くず》れた顔や、本物の幽霊を見てしまったかのように衝撃を受けている様子や、事故の一瞬のとき以外何も見ることができなくなってしまった目を見ていたら、心が動かされたのだ。彼女が何かを求める気持ちに呼ばれたのだと思う。私は彼女を助けたかった。何でもいいから、彼女のために何かを少しだけ軽くしてあげたかった。

「本気なの、ケイダ」マーサが言った。「それはよかったわ。そうよね、ワンダ」

「ええ、本当に」彼女は言った。「ありがとう」

「お礼なんて」私は少し笑った。「お役に立てれば嬉《うれ》しいの。本当よ」

「ひどい天気よ」ワンダが念を押した。

「四輪駆動車があるから」私は言った。「ゆっくり行くわ。ボルダーへの道は好きだしね。景色を眺《なが》めたり、一人でいろいろと考え事をしたりするわ。大丈夫よ」

「本当？」マーサが聞いた。

「ええ、大丈夫」

「ブルーリバーに電話して、手続きを進めてもらって、ボルダーまでハロルドを送ってもらうわ。向こうでは私たちの指示を待ってるから」

マーサが部屋から出て行くと、ワンダは私の手に触れた。

「あのね」彼女は言った。「私もボルダーに乗せて行ってもらいたいの。それが正しいことだと思うのよ。遺灰を受け取るのは私であるべきだと思うの。それが私にできる最低限のことだから」

「いいわ」私は言った。「そうしましょう」

マーサが用事を片付けている間、ワンダと私はキッチンのカウンターに座り、ポットのコーヒー全部を飲んだ。

「お子さんは?」彼女が私に聞いた。

いつもなら、私はこの質問を嫌う。

「いないわ」私は言った。

「私たちにもいないの。でも今となっては、いてくれたらどんなにいいことかと思うの。ここに座って、『子供を持っておくべきだった、もう遅すぎるけど』って考えているの。何もかもが遅すぎだわ」

「犬がいるじゃない」私は言った。

「そうね。大きな違いよね」

「友達もいるわ」

「そうね」

「ハロルドのご両親は？」

「もう亡くなっているの」

「彼のご両親は、彼のことを愛していた？」

「そうだと思うわ。亡くなってずいぶんになるけど」

「えっと、ご主人はご両親、つまり愛した人たちとまた会える、と思うのはどうかしら？　それで少しは気持ちが楽になるなら」

「あなた、バプティストか何か？」

「そういうわけではないけど」私は言った。

「私はユダヤ系よ。死後の世界とかそういうもののことは考えないの」

「まあ、ごめんなさい。知らなくて」

「いいのよ」ワンダは言った。

「あなたの考えでは、人は死んだらどうなるの？　あの、もし聞いてもよかったら」

「思い出は生き続けるわ。生きている者に与えた影響を通じて、存在し続けるのよ」

「まあ」

「だからこそ、ユダヤ系にとっては、生きることが大切なの。気を悪くしないでね。キリスト教徒には生きることは大切ではない、という意味ではないのよ」

「もちろん」

「ただ、来世と、来世は今よりもうまく行くという約束が叶《かな》えられるのを、じっと座って待つような贅沢《ぜいたく》は許されないの。今のこの人生を、意味あるものにしなければいけないのよ。ハロルドはそういう人だった。彼は、意義ある人生を生きたわ。出会った頃の彼は、夢しかない人だった。でも、裕福で立派な人物として尊敬されながら死んだわ。すばらしい友達もたくさんいた。みんな、彼のことを心から愛した」

「あなたも、愛していたのね」私は言った。

「妻だもの」

「そうね」

「彼は、シャピロ・プロダクションズを、ほとんど独力で大きな映画制作会社に育てたの。お金の心配がないようにしてくれたわ。でも、神様、どうしたらいいの。今ですら、さびしくてたまらない。もっとひどいのは、それは私のせいだってことよ。死んだのが私で、運転していたのが彼だったら、どんなによかったことか」彼女は静かに泣き始めた。

「そんな」私は言った。「どちらにも何もなければ、それが一番よかったのにね」

「私、ハロルドの遺灰を受け取るわ、もちろん」彼女は目の下の涙を、震《ふる》える指で拭《ぬぐ》った。「少しだけを、私一人だけのために、いつまでもどこかのひきだしにしまっておく。そのほかはどうしようかと考えていたの。大好きなゴルフコースに撒くわ。彼、ゴルフが好きだったの。海にも撒く。海が大好きだったから。それから、家のまわりの庭にも少しかける。ただ、彼が近くにいると感じるために。変かしら？」

「すてきだわ」

ワンダはくしゃくしゃになったペーパータオルで、顔の涙を拭った。にじんだマスカラが、彼女の目のまわりで、大きな二つのXを描いたようになっていた。

「偶然ね」私は言った。「私もずっと、ブラザーが死んだら、遺灰をゴルフコースとフットボールのフィールドに撒くって言ってたのよ」

「そうなの?」

「ええ。ただ、彼は火葬はいやなんですって。埋葬してもらいたいと思ってるから。ふるさとのジョージアに。あのよき赤い土にね」

「もうご主人が亡くなることを考えているってこと?」

「そうなるわね。ええっと、計画を立てているということじゃないわよ、もちろん。でも、あれこれ思いをめぐらせているの」

「どうして?」

「どうして? 分からないわ。誰もが、ふと考えてみることじゃないかしら」

「もちろん、私がとやかく言うことじゃないけど、でも私は、ハロルドが死ぬだなんて、考えたことすらなかったの。彼はいつもとても健康で。人生を思い切り生きていた。だから、そんなことが本当に起きるだなんて、考えたこともなかった」

「当然よ」私は言った。「死への覚悟なんて、できるわけないわ。ただ受け入れることぐらいしかできないものよ」

「そうよね」

「それしかできないわ」

「ご主人が、突然亡くなられたら」ワンダが聞いた。「どうする？」

「分からない」私は言った。「変なふうに取らないでね。私、ブラザーが死ぬとか、彼が死んだらどうするか、夫に先立たれた女としてどう生きていくか、みたいなことを座って考えたりはしないの。実は、彼が死ぬだなんて、なかなか思えないの。それよりも、彼との離婚について考えるのよ。彼はずっと生き続けるの。だってただの離婚だから。私は彼のもとからいなくなるんだけど、シーズン中だから、彼は私が行ってしまったことに気が付きもしない。私がいなくてさびしいと思うようになるまで、どのくらいかかるのかな、と思ったりもするの。だいたい、さびしいって思ってくれるのかしら。そういう意味よ。そういう疑問を持つって、普通のことでしょ」

「彼がさびしがらないと思うのはどうして？」

「仕事と結婚しているようなものだからよ。フットボール、分かるでしょ。私、めったに夫に会わないの。えっと、じっくりとは、って意味だけど。彼にはね、そう、仕事がすべてなのよ」

「フットボールの試合って、行ったことがないの」

「一度も？」

「全然」

「人生で一度もないの？　子供のときも？」

「ないわ」

「わあ、すごい」私は言った。「人生でフットボールの試合を見たことがたったの一度もない人って初めてだわ。驚いちゃう。私に言わせればあなたはラッキーよ」

「ハロルドは、フットボールが好きじゃなかった」

「冗談でしょ？」

「本当よ。ゴルフ以外は、スポーツが好きではなかったの。そのゴルフだって自分がするだけ。見るのは大嫌いだった。彼は見ている人じゃない。自ら行動する人なの」

「えっと、ブラザーのことを、変な人だと思わないでね。彼はいい人だから」

「きっといい人でしょうね」

「そのうち会ってね」

「そのうちね」ワンダは言った。「気分がよくなったら、マーサと一緒に土曜日の試合を見に行くわ。彼女、誘ってくれたの」

「行ったほうがいいわ」私は言った。「数時間だけど、まったく別のことを考えられるかもしれないわ」

「それはどうかしら」彼女は言った。

ボルダーまで車でハロルドの遺灰を受け取りに行くために、私がワンダを迎えに行ったとき、ワンダは玄関のドアを開けて言った。

「マーサも一緒に行くことにしたの。大丈夫よね」

「もちろんよ」私は言った。

しかし、本当は大丈夫ではなかった。偽《いつわ》りの友人、人をみじめにする策を練る人間、マーサと一日中車の中で一緒にいるなんて、最もやりたくないことだった。

「車の中で待つわ」私は言った。「ヒーターをつけるから」

誤解しないで。私は、マーサを嫌うのなんていやなのだ。嫌いになりたかったわけではないし、私は嫌いという気持ちに抗《あらが》おうともした。でも、それは寒さと戦おうとするようなものだった。どんなに災害に備《そな》えても、寒さは結局災害を与えるし、しかも慎重に歩みを進める。あるいは、馬鹿みたいに寒さで凍《こご》え死んだあげく、人に「あの人は判断を誤《あやま》った」とか言われて非難されるのだ。本当にいやだ。こんなのは嫌い。寒さではなくて、近頃私を取り込む心の冷たさのことが。

私はマーサのことを、チヌック風《かぜ》だと思っている（ロッキー山脈付近に吹《ふ》く乾燥した風）。当然、ブラザーと私をここから吹き飛ばすことができる。チヌック風のせいで、止まっている電車が線路から外《はず》れたという話をいくつか聞いたことがある。言ってみれば、それが今年のグレイウルブズだ。線路に止まっている電車。脳みそが半分でもある人は、この電車がいつまでも止められたままでいるわけはないことを知っている。私は、ただの燃料補給のストップだと思った。たったそれだけのことだ。

しかし、マーサには別の計画があった。私には分かっていた。彼女は、電車が自ら線路から飛び降りるように策を練っている。それから彼女は、ジェフが新しい機関士を見つけるのを手伝い、ブラザーと私が寒さの中に置き去りにされたのを見ながら、つらそうにするのだ。彼女はニコニコと車掌室から手を振《ふ》るだろう。この件に関しては、私には未来が見えるのだ。

シャベルで雪かきした道を通って車のほうに来るワンダとマーサを見て、私はげんなりした。マーサは聖書を手にしていたのだ。二人が乗り込む前に、とっととブロンコのギアをファーストに入れて、氷の張った道路を猛スピードで飛ばし走り去りたい、という衝動に駆《か》られた。どうしてそうしなかったのか分からない。マーサは助手席に座り、ワンダはバックシートに座った。まだ一ブロックも進んでいないうちに、マーサが言った。

「ケイダ、ちょっと止まって、お祈りをしましょう」

「今？」

「そうよ、止めて」マーサが言った。

私はスピードを落とし、車をゆっくり這《は》わせるようにして進めた。私が車を止めると、マーサは私の手とシートの向こうのワンダの手を取った。

「祈りましょう」彼女は言った。「イエス様」

「あのね」私は言った。「ワンダはユダヤ系なのよ。こういうのってどうかしら」

「構《かま》わないわ」ワンダは言った。「あなたたちの気持ちが安らぐなら」

「言葉を換えるわ」マーサが言った。「神様。どうか悪天候の中を旅する私たちをお守りください。私たちを見守り、道をお示しください。今日の試練の間、ワンダをお守りください。私たちが彼女を慰められますようお助けください。アーメン」

「いいお祈りだわ」ワンダが言った。

私は車のギアをファーストに入れ、そろそろと冷たい世界に入って行った。

「ゆっくり」マーサが言った。「こういう凍った道を行くのは、ワンダには大変よ。思い出してしまうでしょう」

「注意するから」私は言った。「ワンダ、スピードを落としてとか、止まってとか、何でも言ってね」

「ボルダーまではどのくらい?」

「道がよければ三時間。こんな凍った道なら、最低四時間ね」私は言った。「でも、景色はきれいなのよ。山とアンテロープ（羚羊《れいよう》）だけ。がらんとした感じの道を行くのは気が休まるものよ」

「がらんと、か」ワンダは言った。「今の私の気持ち」

私たちは、大きな紙コップのコーヒーを買うため、ハーディーの店で止まった。私は、運転するときは必ずコーヒーを用意する。

それから町を出て、西部のあまりにも有名な無の世界へと私たちを導《みちび》くハイウェイに乗った。何マイル行っても、何にもないのだ。何マイルも続く、人間臭《くさ》さのまったくない世界。私はそういうものを愛するようになっていた。

「昨夜、すごくひどいことを考えたの」ワンダが言った。

町の景色が私たちの後ろに消えて行くところだった。

「ひどいと思ったら言って。ハロルドの遺灰を受け取ったら、スプーン一杯を取って、カップ一杯のスープか何かに入れてかき混ぜて、それで、ええっと、彼といつも一緒でいられるように、食べてしまおうか、飲み込んでしまおうか、と考えたの。これってひどいことかしら？」

「何となくメタムシル（便秘薬）の広告みたい」私は言った。「気を悪くしないで」

「灰は自然の下剤だと思うわ」マーサが言った。「いつまでもあなたと一緒にいるってわけにはいかないんじゃない」

「象徴的なことなのよ」ワンダが言った。「それだけ。しるしなの。分からない？」

「それが慰めになるのなら」私は言った。「私はいいと思うわ」

「カニバリズムみたいじゃない？」ワンダが聞いた。

「あまり知られていない愛の儀式みたいよ」私は言った。「それを思いついた人はあなたが最初ではないと思う。悲しいとき、人ってすごいことを考えつくものかも」

「それじゃ、病《や》んでるなんて思わない？」

「たぶん、あなたの心は病気にかかっているのよ」私は言った。「だから、スプーン一杯のハロルドの灰で元気になるかもしれない。薬みたいに。そう考えたら？」

「本当にするかどうか、決めてないの」ワンダは言った。「ちょっと頭に浮かんだだけ。この頃、変なことをいろいろ考えてるから」

「ほかには？」マーサが聞いた。

「えっと」ワンダはコーヒーにむせ、咳《せき》をしながらナプキンで口を拭《ふ》いた。「私には秘密があるの」ようやく彼女は言った。目には涙があふれていた。

「秘密って、どういうこと？」私は、ミラーで彼女の腫《は》れた顔を見ながら言った。

「ハロルドには言わなかった秘密。彼には隠していた秘密」

「誰でも秘密を持っているものよ」マーサが言った。

彼女は前の座席に横向きに座っていたが、体を後ろに捻《ひね》り、ワンダの震える手を軽く叩いた。

「誰もがこんな秘密を持っているわけじゃない」ワンダはくしゃくしゃのナプキンを顔に当て、静かに泣きながら、頭を振った。「ハロルドが死んでしまった今、言っておけばよかったと後悔しているの。その、いつか言おうと誓ってはいたのよ。でもいいときがなくて。本当のことを言ったら何もかもが壊れてしまうと思うとこわかった」

「愛のためだったのよ」マーサがそっと言った。「ハロルドも分かってくれるわ」

「こわかったからよ。すべてを知ったら、きっと私を愛するのをやめるって思ったわ。こわかったの。彼に捨てられるって」

ワンダはしくしくと泣き出し、両手に顔をうずめた。私たちは黙って車を進め、彼女を泣かせた。そのまま百マイルにも思えるほどの距離を走った。

「そんなにひどいはずはないわ」ようやく私が口を開いた。「誰かを殺したってわけじゃないでしょ？」

私は、気分を軽くするようなことを言おうとした。それはかつて私が得意としていたことだった。彼女はもっと激しく泣き、空気を求めてあえぎだした。

「誰かを殺したの？」私は言った。

ふと、そういうこともありうると思った。何と言っても、彼女はロサンゼルスから来たのだから。マーサによれば、猛烈に飛ばし荒れる人々の土地だ。

「別の人がいたのよ」

ワンダは顔を上げて、マーサと私を見た。彼女が実は壊《こわ》れた危ない女だと知ったからには、私たちは急ブレーキをかけて大慌《あわ》てで車を止め、彼女を車から追い出して雪の中をボルダーまで歩かせるのだろうと言うかのように。私は、両手をハンドルに載せたまま、行く先をまっすぐ見続けた。

「神は許してくださる」マーサは言った。「聞いて、ワンダ。浮気は許しがたい罪というわけではないわ」

なぜマーサがそんな確信を持っているのか、私は不思議に思った。

「違うの」ワンダは泣いた。「一晩の遊びじゃないの。三年も続いたのよ」

「きっと、あなただけのわけがあったんでしょう」私は言った。

「でも、まあ」マーサが言った。「三年は確かに長いわ」

「ハロルドと私は、結婚してたったの十五年だった」ワンダが言った。「あの三年を引いたら、十二年になってしまう。彼の人生から三年間を盗んだみたい。そんなことをした自分が憎《にく》くて」

「彼も同じことをしていたかも」私は希望をこめて言った。「彼にもあなたに隠していた秘密があったかも。きっとそうよ」

「そう思いたい」ワンダは鼻をかんだ。

「自分を許さなくちゃ」マーサが言った。「それしかできることはないわ」

「相手は誰だったの?」私は聞いた。「つまり、三年も続けたということは、その人のことが好きだったんでしょう」

「名前は言えないわ。知ってると思うから」

「映画スターってこと?」

「そんなようなもの」ワンダが言った。「俳優」

「わっ、すごい」

私の頭の中には、銀幕で見る彫《ほ》りの深い顔が次々と浮かんでいた。

「このことを知ったら、ハロルドは死んでしまったはずよ」ワンダが言った。

「まあね。でも彼は知らなかったし、そのせいで死ぬこともなかった」マーサが言った。「大事なのはそれ。神はお許しくださる。忘れないで」

「その人のことを愛していたの？　その有名な俳優のことだけど」私は聞いた。

「ええ、そう」ワンダが言った。「最初はね。ハロルドと別れて、その男と結婚しようと思ってた。彼は最高だったから。私を愛してると言ったわ。口がうまいの。私はそういうところに夢中になった。彼が役者だってことなんかすっかり忘れて、彼を信じて頭から飛び込んでしまった。今では彼のことを本当に愛していたのか、それとも『彼が私を愛している』という考えを愛していたのか、分からないわ」

「セックスはどうだったの」私は聞いた。

「ケイダ！」マーサが言った。「何てこと。ご主人を亡くしたばかりなのよ」

「いいの」ワンダは言った。「すべてを告白しないとね。セックスは大したものではなかった。速すぎるのよ、ええ。ベッドの中ではしゃべってばかりいたわ。大好きな想像のお話をいつまでも長々と。役を求めてオーディションを受けているみたいだった。それで興奮するらしいの。でも私は違った。ほんと、ときどき、子供の頃に聞いたおやすみ前のおとぎ話みたいだったわ。本当はおもしろがる話なんでしょうけど、逆にものすごく眠くなるのよ。ひどいこと言うけど。本当に。今こうして振り返りながら、冷静に考えてみたんだけど」

「ハロルドは疑っていなかったの？」

「もっとひどいことがあるの」

ワンダは、窓ガラスに手をかざした。まるで、まったく赤の他人の手にはめられた、彼女の結婚指輪を見ているかのように。その指輪には、とても大きなダイヤモンドがついていた。彼女は指を広げると、そのまましばらく手を見つめた。

「妊娠したの」ワンダはささやいた。「ハロルドの子ではなかった。その男の」

「全部言わなくたっていいのよ」

マーサが、私たちの目の前に延びる長いまっすぐな道のほうを向くために、シートの中で体を前向きにしながら言った。ワンダの痛みにゆがんだ、何かを打ち明けようとしている顔を避《さ》けるためだった。私自身にとっては、バックミラーで見つめていたその顔は、目を逸《そ》らすことができない顔だった。

「あなたはどうしたの？」私は尋ねた。

「産むことに決めたのよ、ええ。子供がほしかったの。その男に言ったとき、彼はただ何度も何度も、『ジェインに殺される、ジェインに殺される』と言うだけ。ひどかったわ。あの反応。あの男、自分のペニスが方位磁針で、突然それは常に北を向くものなんだって思い出したみたいだった。北っていうのはジェイン」

「まさに男って感じ」

私はまるでこの分野の専門家であるかのように言った。自分が専門家だったら楽しそうだと思っていた分野なのだ。

「私、それは傷ついていたわ」ワンダは続けた。「どうしたらいいか分からなくて。だからハロルドに、彼の子だと言った。嘘をついた。ものすごく孤独で、たぶん、混乱していたの。子供がいれば、ハロルドと私はやり直せるかもしれないと思った。二人はもっと近付けると思ったのよ」

「ジェインって誰なの？」私は聞いた。

「彼の奥さん」ワンダが言った。「私が妊娠したと言うまで、彼は奥さんを憎《にく》んでる、なんて言ってたのよ。結婚は間違いだった、きっぱりと抜け出すべきときを待っているだけだって。三年の間、彼は奥さんのことなんか愛したことはない、彼女がどうしても結婚しなくちゃいけないみたいな演技をしたからだまされた、とか言ってね。私はそれを信じたの。かわいそうって思ったのよ。信じられる？」

「自分を責めちゃだめ」マーサが言った。「その人が臆病者だったのは、あなたのせいじゃないでしょ」

「あいつがパニックを起こして、走って奥さんのところに戻って、スカートの下に隠してもらっているのを見て、何て言うか、私はぼろぼろになった」話すワンダの声は、途切れ途切れになった。「長い間ずっと、彼は私を愛しているんだと思っていた。今ではすごく馬鹿らしいんだけど」

「それで、あなたはどうしたの」私はまた聞いた。

「彼のことを考えるのはやめたし、その後も同じ。もう彼に何かを感じることはできなかった。小さく小さくしぼんでしまってもう見えない、という感じ。彼に電話をして、あれは間違いだったと言った。子供はハロルドの子だって言ったのよ。そしたら『ありがとう、ワンダ、恩に着るよ。ほんと。恩は忘れない。絶対』ですって」

「なんてやつ」私は言った。

「それ以来会ってないわ。昔のよしみで会えないかって電話を何度かしてきたけど。私が妊娠中のところに電話してきて、例の甘ったるいトークを始めるんだから。会いたい、まだ愛してる、とか。電話を切った後、いつも吐いちゃったわ。こんなに空っぽになったら、お腹の中の赤ちゃんに悪いんじゃないかと思うほど、吐きまくった」

「奥さんは？　ジェインって人」

「今でも続いてるわ」

「つらいわね」私は言った。

「平気よ」ワンダが言った。「似合いのカップルよ。二人とも、ああいう相手を持ててよかったわねって感じ」

「それでどうしたの？」

「ハロルドに子供のことを言ったでしょ。私はずっと泣き通しだったんだけど、彼は私が不安でこわがっているからだと思った。ああ、彼、本当に喜んでいた。あなたたちも見れば分かったはずよ。私たちの間も変わった。彼は早く帰って来たり、私の食事に気を付けたり、マタニティ服を買ったり。とってもやさしいの。大喜びで。だから私の気分も少し明るくなった。子供部屋をどうしようかと考え始めた。結局何もかもが一番いい結果になった、なんて思いそうになっていた。ほぼ幸せだと言えるくらいだったわ。本当。でも、四カ月目に何かがうまく行かなくなった。私は出血したの、突然。なんてだめな人間。私は罰せられているんだと思った。罰せられて当然だもの。私は流産した。子供を亡くしたの。頭もどこかに行ってしまいそうになった」

「でもハロルドはどこにも行かなかった」マーサが言った。

「そうね」ワンダが言った。「今までは」

「ハロルドの死はあなたへの罰なんかじゃないわ」マーサが言った。「そう思ってしまうかもしれないけど、違うのよ。神はそういうことはなさらないもの」

「ハロルドと私は、また子供ができるように努力したけど、だめだった。私は本当のことを言ったことはなかった」

「大丈夫」私は言った。「あなたの秘密は守られるわ」

「ひどい人間だと思うでしょう」ワンダが言った。「誰かに言わずにはいられなかったの。誰にも言わなかったら、おかしくなる」

「よく分かるわ」マーサが夢見るように言った。「私にも一度、経験があるから」

ちょうどそのとき、丘の傾斜に差しかかっていた。目の前の道路には、光る油のようなものがあった。私たちは、長く延びた黒い薄氷の上を、乾いた道を走るような速いスピードで走った。何も考えず、私は咄嗟《とっさ》にブレーキを踏《ふ》んだ。

「まずいっ」私は言った。

まるでたっぷりした女が腰をゆらゆら揺らしているかのように、後輪が前後に滑るのを感じた。私は、ハンドルを滑る方向に動かそうとした。アメフトで言えば、クオーターバックやランニングバックが攻める番だ。しかし、滑るスピードはあまりにも速かった。

「つかまって！」私は叫んだ。

「どうしよう、助けて！」ワンダが悲鳴を上げた。

バックミラーに、ちょうど目を閉じてシートからずり落ちる彼女が映《うつ》った。車がスピンを始めたとき、私は彼女が床に転がる音を聞いた。彼女はまるで心臓に弾《たま》を受け、倒れた人のように、ドサリという音を立てた。

車は凍ったハイウェイの真ん中で、すごい勢いでぐらぐらと輪を描いてスピンした。まるで、地元のお祭りに行って、荒っぽくておもしろいという宣伝につられて乗った乗り物が、実は人を殺すために設計されていることに気が付いたかのようだった。スピンは気持ちがいいと言えなくもなかった。心を洗う洗浄器の「スピン」の機能で、私たちの罪が一瞬のうちに回転とともに飛ばされて行くような感じだった。私は冷めたコーヒーのしぶきがかかるのを感じた。マーサの叫び声が聞こえた。車はスパイラルを続け、どんどんスピードを増し、滑って道の端から飛び出し、ハイウェイ脇《わき》の深い雪の中に突っ込み、そして突然止まった。

スピンでコーヒーがそこら中に飛ばされていた。車が止まってから、私たちは互いを見た。まるで殺人事件が起き、私たちはその犯人で、罪のない人の血を浴《あ》びたかのような有様だった。

「私たちは大丈夫」私は頭をハンドルに置いて、しっかりと言った。「ごめんなさい。氷だと悟るのが遅かったわ。本当にごめんなさい」

「誰も怪我してないわ」マーサが言った。

半分飲んだだけの彼女のコーヒーは顔に飛び散っていて、彼女は、めちゃくちゃにぽたぽた垂れるコーヒーを手ではたいていた。私たちは後ろを向いて、ワンダの様子を調べた。彼女はバックシートの床に倒《たお》れていた。

「大丈夫よ」私は言い、後ろ向きになって彼女のほうへ手を伸ばし、泣く彼女の頭を軽く叩いた。

「ごめんなさい」私は何度も何度も言った。「氷で滑ったの。私たちは無事なのよ、ワンダ。本当よ。大丈夫なの」

マーサはワンダの手を取って、シートの上に戻れるように手伝った。

「分かったでしょ」マーサが言った。「黒い薄氷は誰のところにも忍び寄って来るのよ。事故というのは、不注意で起きるばかりじゃないわ。ときには条件のせいで起きてしまうのよ。ハロルドが亡くなったあの事故はあなたのせいじゃないことを、神が示してくださっているのかも。ケイダは本当に運転が上手なのよ。でも悪天候と氷を前にしたら、あなたと大して変わらないくらいだったでしょ」

マーサがそう言うのを聞いていたら、涙が出てきた。私は、自分が、神が何かを教えるときの道具だなどと思ったことはない。聞いているうちに、気を付けないと、自分一人でこっそり嘆《なげ》き始めてしまうかもしれないと思った。

「外に出て車の具合を調べてくるわ」と私は言った。「ダメージがあったかどうか」

マーサがワンダを慰めながら座り直すのを手伝い、ティッシュを出して二人にかかったコーヒーを拭き取っている間、私はフェンダーのところに歩いて行き、タイヤを調べるふりをして屈《かが》み込んだ。そうしながらも実際は、バンパーに頭を付けて、何回か呻《うめ》くような泣き声を上げた。胸が痛くなるほどだった。心臓は氷河になって、私が泣くごとに、尖《とが》った先端で私を突き刺した。心臓発作でも起こしたのだろうか？

しばらくして落ち着いて来た私は、フェンダーに、道標にぶつかったときにできたへこみがあるのを見つけた。しかし、他に目に付くような損傷はなかった。運がよければ、ギアをリバースに入れ、ブロンコを雪原の向こうの道に戻すことができるかもしれない。私は手袋で顔を拭い、深呼吸をして、車の中に戻った。

「撃たれたみたいよ」マーサが、私に一つかみのティッシュを渡しながら言った。

私のセーターは、コーヒーのしみだらけだった。血を想像するのも無理はない。私はぼんやりと、しみを叩いた。ワンダはバックシートで、シートの上に足を伸ばし、膝《ひざ》にティッシュの箱を握りしめながら座っていた。

「大丈夫?」私は聞いた。

彼女は頷《うなず》いた。

「ボルダーまで安全に送って行くって約束する」私は言った。「ゆっくり行くから」

「ひどい格好」マーサが、鏡で濡《ぬ》れた髪とコーヒーでめちゃくちゃの化粧を見ながら言った。「戦争から帰って来たところみたい」

私は車のエンジンをかけ、ギアをリバースに入れると、ブロンコをスムーズにバックさせ、さっき深い雪の中に作った道に入れた。やがて私たちは、黒い道路に広がる氷を慎重にやり過ごしながら、誰もいないハイウェイに入った。

「どうせ戦争から帰るところなら」ワンダが言った。「馬鹿な戦争に勝ったふりでもしましょうよ。私たち、みんな英雄よ」

「その意気」マーサが言った。

走り出してすぐに、ワンダがマーサを軽く叩いて言った。

「あなたも不倫してたって言わなかった？」

マーサは、熊手の歯を使うような調子で、指で髪をすくった。

「そうじゃないの」彼女は言った。「もし、私がそういう関係を持っていたとしても、自分を許すって言いたかったのよ。あなたも自分を許すべきよ。それだけ」

「そうなの」ワンダが言った。「誓ってもよかったのに……」

やがて車が遺体安置所の駐車場に入ったとき、私たちは沈黙に覆《おお》われた。私は慎重に、それになるべく入り口の近くになるように気を付けて駐車した。ワンダは、ハロルドが、あるいは少なくとも彼の幽霊がこちらに歩いて来るのを待っているかのように、窓の外に目を凝《こ》らしていた。

「あなたがここで待っていたいのなら」私は言った。「私が受け取って、あなたに渡すわ。そのほうが楽かもしれない」

「いいえ」ワンダが言った。「私、中に行かなくちゃ。書類か何かにサインしなくちゃいけないでしょう」

「クレジットカードの番号がいるらしいわ」マーサが言った。「電話で言ってたわ」

「一緒に来て」ワンダが言った。「二人とも」

私たちは、ぐったりしているうえしみだらけの姿を、少しはましにしようとした。コンパクトを覗《のぞ》いて、パウダーをはたき、口紅を塗り直した。しかし、ちっともましにならなかった。余計ひどくなったようだった。

「行きましょう」マーサが言った。「私たちの見た目に構う人なんかいないわ」

私たちの後ろで安置所のドアが閉まった瞬間、ワンダが小さく泣き声を立てた。マーサと私は、彼女が床に倒《たお》れないように腕をつかんで支えなければならなかった。

「ちゃんとできるか分からない」ワンダが弱々しい声で言った。

事務所から出てきた男性が、私たちに挨拶《あいさつ》をした。彼は、悲しみに打ちひしがれた人の扱いには慣れているようだった。

「ハロルド・シャピロの遺灰を受け取りに来ました」私は言った。

「こちらへどうぞ」彼が、ついて来るようにと身振りで示しながら言った。私たちは小さな応接室に案内された。クラシック音楽が、まるで聴覚に麻酔をかけるかのような強弱をつけながら、そっと響いていた。

「おかけください」

私たちは黙って従《したが》った。三人で並んでソファに座って、手を握り合った。深い息をしないように、これ以上死の気配を吸うことがないようにと努めた。

「シャピロさんはどちらですか」

ワンダが、先生の質問の答えが分かった子供のように、手を挙げた。

「こちらです」私は言った。

「そうですか」彼は少し笑った。「コーヒーをお持ちしましょうか」

その日の私たちはもうコーヒーでずぶ濡れになっていたし、しかも肌と服はまだコーヒーの薄い膜で覆われていた。

「いいえ、結構です」私たちはそろって言った。

男性は部屋を出て、やがてワンダのサインが必要な公式書類を持って戻った。彼女はアメリカン・エキスプレスのカードと、カリフォルニア州の運転免許証を渡した。

「遠くからいらしたのですね」彼は言った。「こちらの天気はいかがですか」

彼女は目を閉じて、それを答えとした。彼は意味を理解したようだった。サインの済んだ書類を持って部屋を出て行き、買い物袋のような、小さな茶色の袋を持って来た。彼は袋に手を入れ、梱包《こんぽう》用テープで封をされた、同じように特徴のない茶色のダンボールの箱を出した。袋の前と箱の上には、コンピュータから出力したステッカーが貼《は》られ、「シャピロ、ハロルド T」とあった。男性はワンダに箱を渡した。

「お気の毒です」彼は、ハロルドの遺灰の梱包の質が低予算であることを詫《わ》びるかのように言った。

「もう少ししっかりした入れ物がよろしいですか？」彼は言った。「きれいな壺がありますから、お見せします」

ワンダは首を振った。彼女はハロルドの遺灰を受け取るために、私たちとつないでいた手をほどいたが、マーサと私は、彼女の腕を片方ずつしっかりとつかみ続けた。私たちは、彼女が立ち上がるところまで、そっと彼女を引き上げた。彼女は袋の中の箱を見つめた。「シャピロ、ハロルド T」という字をじっと見た。

「もう行ける?」私は聞いた。

彼女は頷いた。

「出ましょう」マーサが言った。

私たちは車を目指して、氷の張った駐車場を、人間の力としては可能な限りゆっくり歩いた。成人した男性の遺骸を、靴箱よりも小さな箱に入れて運ぶことが許されているなんていけないことだと言うように。

ものすごく腕の悪い泥棒になった気がした。誰かが私たちの後ろから追って来て、ひどい間違いがあったと言ったりはしないだろうか。ハロルドのような男性は、たとえば、大きなスーツケースが一杯になるくらいの灰になってもいいのではないだろうか。そういえば、子供の頃のかくれんぼでは、ルールが何であってもとにかく、私が求めていたのはうまく隠れることではなかった。私が求めていたのは、見つけられること、見つけやすくなること、よって早く見つけられることだった。だが、今日は誰も追って来ない。私がいてほしいと願い、求めた、そしてたぶんワンダとマーサもいてほしいと願っている想像上のかくれんぼの鬼は、追っては来ない。

車に向かうとき、弔《とむら》いのために大きな長いリムジンで到着した家族の横を通り過ぎた。泣きながら後部座席から出て来た男女を、他の家族の人たちが、まるで支柱を立てかけ群落を作った中で二人を育てようとするかのように、取り囲んだ。一目見てすぐに分かった。あの人たちは子供を亡くしたのだ。泣きながらハンカチで顔を覆っていた。そんなに覆ったら、どこに行くのか見えないのではないかと思わせるほどに。あるいは、そんなことはどちらでもいいのかもしれないと思わせるほどに。

互いにしがみつき合う二人の姿、女性と同じくらい大きな声を上げて泣く男性、愛する家族に押されなければ前に歩けずにいる二人の様子は、ワンダにはつらすぎた。彼女は駐車場に突っ立ったまま、その光景が繰り広げられて行くのを見ていた。彼女はハロルドの遺灰をぎゅっと胸に押し付け、その日初めて、感情をあらわにした。彼女は叫んでいた。

「こんなの不公平。不公平。耐えられない」

彼女は、今はハロルドである小さな箱に覆いかぶさった。背骨が、獲物を取り込む海洋生物のように、中の体を包む貝殻のように、丸くなっていた。マーサと私が止めなかったら、彼女は地面に倒れ込んでいただろう。重力が彼女を強く強く引っ張り、下へ下へと沈《しず》めていた。けれども私たちは彼女を沈ませなかった。倒れさせない決意だった。

嘆き悲しむカップルは、驚きつつも理解を示すような目で彼女を見てから、再び自分たちが進むほうを向いた。女性は男性のコートの襟《えり》の折り返しをつかみ、男性は腕で女性を包んでいた。

「ハロルド！」ワンダは叫んだ。「ハロルド！」

彼女は次にリムジンから出て来る彼を待っているかのように、彼女が名前を呼ぶのを聞いたら、彼が走って戻って来るというかのように、周囲を空しく見回した。

マーサと私は、私たちの体で彼女を慰めようとした。私たちはコートの前を開けると、それをテントのようにして、彼女は荒野に取り残されたけれど私たちが安全な避難所になると決意したかのように、彼女を包んだ。彼女は私たちから逃げようともがき、ハロルドの箱を握りしめ、その箱で私たちを叩いた。しかし、私たちは踏み止まり、彼女が動かなくなるまで体を押し付け続けた。彼女の嘆きが火で、それを燃え広がらせないのが私たちの務《つと》めであるみたいに。

「どうしてこんなことに？」ワンダが叫んだ。「ハロルドにしないで。神様、ハロルドだけは」

マーサと私は、ワンダを車に引っ張って行った。私たちも泣いていた。ワンダの嘆きに刺激されていた。彼女が愛したのと同じくらい、私もハロルドを愛していたような気がしていた。場合によっては、私は一度も彼を裏切ったことがなかったわけだから、私のほうが愛していたと言えるのかもしれない。生まれたときからずっと彼のことを知っているような、彼に伝えたい大事なことがあったような、彼がその一部ではなくなった世界にはもう留《とど》まることができないような気がしていた。

私たちはワンダを助けてバックシートに乗せた。ほんの一瞬、私は、今は潰《つぶ》れたダンボールの箱のハロルドをそっと彼女の手から離した。私は彼を胸に抱き、頭を垂れて、箱に軽く口づけをした。私は彼を抱きしめた。彼が、死んでしまったけれど、生まれたばかりの子供で、私は、志願して……ではなくて、何とかごねて、彼を愛してもいいという許可を求めるかのように。彼の母親か妹、あるいは若いときに手を離してしまったけれど、以来毎日失ったことを後悔していた、彼の生涯にただ一人の恋人になってもいいという許可を求めるかのように。

一度も会ったことがない人、ハロルドは、私を求めていた。私は彼を失望させた。私には、新たなチャンスが必要なのだ。

ワンダがバックシートに落ち着くと、私は彼女にハロルドを返した。彼女は、お弁当を持つかのように、これから人生で一番悲しいピクニックに行くところであるかのように、膝《ひざ》の上に彼を抱き、まっすぐ前を見ていた。

ラニーが死んだのは二月だった。ブラザーは出張中で、いくつもの空港を封鎖するほどの吹雪で、足留めを食っていた。私がその朝ラニーが死んでいたのを見つけたことを言うと、彼は泣いた。私たちのベッドの足元の床で、眠っている間に死んだのだ。私が起きて触ったとき、その体はすでに冷たかった。私は座って、もつれが一つもなくなるまで、毛をブラシで梳《と》かした。毛はつやつやになった。それからブラザーに電話をした。新人選手獲得のため遠くに出かけていたのだった。知らせを聞いたときのブラザーの泣く様子が愛しかった。彼は私と同じくらい激しく泣いた。

私は、家の横の庭の、そのときは灰色の骸骨のようだった小粒のりんごの木の下にラニーを埋《う》めるのを一緒にしてもらいたかったので、ブラザーの帰りを待った。激しい風が木を吹き抜けて、枝をみんなまとめて叩き、おそろしくたくさんの骨がガチャガチャいっているかのような音をさせていた。私は、ときどきドアを開けて何かをささやきかけたり、様子を確かめるために触ったりできるように、地下室の冷凍庫にラニーの亡骸を入れて、三日待った。

獣医はラニーを火葬にさせようとしたが、私は拒否した。彼には、そっくりそのままの姿でいてほしかった。私には、かつて生きていた生物を、つまりその、わざわざ一塊の炭になるまで焼くつもりの尻肉のローストであるかのように、窯《かま》に入れるという考えがいやだったのだ。私にはどうもしっくり来ない。そうしたほうが死と上手に向き合えるのだとしても、そんなことは私にはどうでもいい。故郷では、私たちは、家族もペットも温かい土に埋める。赤い土という毛布で包み、場合によっては、墓と示すためにアザレアやハナミズキの苗を植える。愛した者たちは、放っておいたらブラックベリーやタンポポやアリウムが、まるで精霊がそこから出て来たかのように、ごっそり生えて来るよき土の中に入れられている。そう思いたい。私はそう思うのがとても好きなのだ。

そこで私は、ブラザーの木を切る斧《おの》を持って外に出ると、うちの庭らしきものに張った厚い氷を砕《くだ》き始めた。私はただ叩きたかっただけ、つまり凍った部分の下の、本当の土があるところまで行きたかっただけだ。でも氷は固い。本当に固い。そんなこと、とてもできるものではない。私はかなりの間、地面を叩いた。うちの近所の年配の女性が言っていたのだが、私は二時間くらい、斧を持ってそこにいたそうだ。彼女は、私が心臓発作でも起こすのではないかと心配になったので、警察を呼んだと言っていた。彼女にはそれから何度も謝られた。一度だけではない。

警官たちが公用車でやって来たとき、私にはさっぱりわけが分からなかった。彼らは座ったまま、私のことをしばらくじっと見ていた。そこで私は地面を叩くのを続けた。別に違法なことではない。気温は危険なほど低かったかもしれないが、ここは自由の国なのだから。しばらくして、ついに彼らは車から降りて来て、私を家まで連れて行った。さもないと心療科関係の人を呼ばなければいけない、と言っていた。私のことを、精神を病《や》んだ女か何かだと思っているようだった。

私は疲れを感じていなかった。つらくて、それどころではなかったからだ。ラニーは十七年近くうちにいた。彼のいない生活なんて、もう思い出せなかった。結婚して最初のクリスマスに、ブラザーがラニーをくれた。ラニーは、私たち夫婦が子供を迎える準備を手伝う役、つまり私たちが親という仕事に慣れるよう手助けをする役のはずだった。けれども子供は来なかった。

ハロウィンに飾りから何からすべてを準備し、家中にキャンディをたくさん置いておくときのような感じだった。けれども、「お菓子をくれないといたずらするぞ」と子供がドアをノックすることはなかった。一度も。窓の外を見続ける。通りには、家々の呼び鈴《りん》を鳴らす、小さな怪物やお姫様や宇宙人の衣装をつけた子供たちがいる。でも、自分の家には来ない。どうしてなのかは分からない。子供たちを大声で呼び、うちにもおいでと招待するのに、子供たちは来ない。

心ははりさけそうになるけれど、結局最後は、これもまた解決できない人生の謎の一つなのだと思い切る。そう思い切らなければいけないのだ。他に選択肢はない。そう決めるか、あるいは自分か世界を憎むようになるかのどちらかだ。

人生の謎の一つが困るのは、それが休眠中の小さな種のように、自分の中の奥深くにいつまでも留《とど》まるということだ。あたかも、その人生の謎の一つを持っていれば妊娠できるかのように。本当なのだ。私も経験した。私はそれを、つまりその謎でふくれ、捨てたくて仕方のない空っぽの腹を抱えた。自分の祈りへの美しい答えを生み落としたいのだが、どんなにいきんでも小さく震える質問しか生めないような感じだ。後は、「もう遅いから、うちの明るい玄関のドアを叩く子供はいないだろう」と見切る、ハロウィンの終わりのようだった。座って、一つ一つ別々に包んであるキャンディを自分で食べるしかない。空洞の何かに物をぎっしり詰め込むみたいに、自分にキャンディを詰め込む。私にはそういう感じだった。私が食べて太れば、体はちょうどシグナルを感じたかのように、私が何を求めているかを理解する。そうしたら私はオスコの店で妊娠検査薬を買うし、結果は陽性になる。ついに陽性と出るのだ。

ブラザーがこういうことを、つまり私がこのような空虚さでふくれていることを理解したのかは分からない。けれどもラニーは理解した。彼は私の膝に頭を載せた。私たちは一緒に、空虚さが叫んでいるのを聞いた。

ブラザーには、彼の子供のようなチームがある。彼はこういうことを言うことで知られていた。「カンファレンス一の勝敗記録を持っているわけではない。しかしな、俺には最高の子供たちがいる。世界中のどこにも、こんなにいい子たちはいない」。彼は選手たちが大好きだった。彼の父親ぶりは、他の数多くの男性が実の子のために見せる父親ぶりよりもすばらしかった。

学校で教師をすれば、私も同じような満足感を得られるはずだった。しかし無理だった。私には何かおかしいところがあるのかもしれない。でも私は、子供を台所のシンクで沐浴させたかったのだ。分かるだろうか。夜中に胸から母乳をしみ出させながら起きて、子供をあやしたかったのだ。男の子を初めての散髪に連れて行ったり、女の子に初めてのお茶セットを、プラスチックではなくて本物の割れる陶器のセットを、買ってやったりしたかったのだ。初めての歯、初めての一歩、初めて学校に行く日がほしかった。

そこで私は、最低でも週に一度はラニーを風呂に入れ、彼の足の爪を切り、彼の首にリボンをかけた。たとえ何かないものがあったとしても、ラニーだけはいつでもいた。この人生、ほかに頼れるものがないとしても、ラニーにだけは頼れた。彼にはプードルの血も入っていて、私の知っているほとんどの人よりも賢かった。

庭が、掘れるくらい柔らかく緩んだのは、夏になってからだった。その頃には、りんごの木はこれ以上ないほど緑に生《お》い茂《しげ》っていた。ラニーの最後の安らぎの場所に浮かぶ緑の雲のようだった。

一時間ほど、私たちは、まったく何も話さずに走り続けた。ワンダは落ち着きを取り戻し、ほとんど穏《おだ》やかと言っていい様子で、窓の外で意味のない世界が滑り去って行くのをぼんやりと見ていた。

「どこかに止まってお昼にしない?」マーサが言った。「もう二時だし、一日何も食べてないし。ワンダも何か食べなきゃだめよ。力をつけなくちゃ」

「フォートコリンズのドライブスルーに行けるわ」私は言った。「ハンバーガーを買うのよ。車から出なくてもいいし」

「いいえ」ワンダが言った。「どこかで降りて、ちゃんとした食事にしましょうよ」

「本当に?」私は言った。

「バナナズに行ってもいいわね」マーサが言った。「遠くないし。いいところだわ」

「本当にそれでもいいの、ワンダ?」私は聞いた。

「ええ、本当よ」彼女は言った。「それにお腹空《す》いたわ」

私たちはショッピングモールに車を止めた。そこは遺体安置所から何百万マイルも離れたところのように思えた。私たちが現実世界に戻ったこと、私たちが背後の重ったるい世界から、ワンダの場合は背後の重ったるい世界ではない世界から、首尾よく脱出できたことが、ここに告《つ》げられたような感じだった。

「ハロルドを連れて行くべき? それとも置いて行くべき?」ワンダが聞いた。

非常に重大な決断であるかのようだった。

「置いて行っても、ロックするから大丈夫よ」私は言った。

「でも、いやじゃない」マーサが言った。「帰って来てみたら、誰かが窓を割って彼のことを何か別のものと勘違いして持って行ってた、だなんて」

「まともな頭の人なら、遺灰を持って行ったりしないわ」私は言った。

「泥棒には、家に着くまで遺灰だなんて分からないわ」マーサが言った。「犯罪者の頭がどれほど病んでるか、知ってるでしょ。袋いっぱいの灰を見たら何をすると思う？」

「シートの下に隠せばいいわ」私は言った。「スペアタイヤやジャッキなんかを入れるところでもいい。お昼から帰るまでの間だけ」

「彼も連れて行くわ」ワンダが言った。「私の二つの目でハロルドの灰を見て、これなら安全だと思うのが一番だもの」

ウェイターが私たちを四人用のテーブルに案内すると、ワンダはハロルドの遺灰を四つめの椅子《いす》に座らせた。私たちはまずコートをたたんで椅子の上に積み、それから彼女が、ずっと彼を見ていられるように、積んだものの上に彼を座らせた。私は、子供を補助椅子に座らせるところを想像した。子供の様子を見守るのは大切だし、しかも、子供というのは、テーブルの上が見えるところにいるときのほうが少しはおとなしいだろう。テーブルの下は、暗く、想像力がとんでもないところに飛んで行く。ワンダはハロルドの入っている袋を、きちんとまっすぐに、前のラベルがテーブルを向くように整えた。彼女は袋を軽く叩いた。私たちはみんな席に着いた。

昼食に、ワンダはワインを注文した。いいことだ。私は頼まなかった。運転があったし、また雪が降り出していたうえ、道路はすでに氷で覆われていたからだ。それにすでに一度、素面《しらふ》だったのにあわやという目に遭っていた。マーサも頼まなかった。彼女は飲酒というものを信じていない。邪悪なことだと思っている。私は彼女がそう言うのを聞いたことがある。今回、彼女はその手のことは言わなかった。やれやれ。

「いい考えよ」私はワンダに言った。「元気が出るでしょう」

ワインが来ると、ワンダは彼女のグラスを、マーサと私はダイエットコークのグラスを挙げた。ワンダが言った。

「理解ある女性のために」彼女は私たちのグラスに彼女のを当てた。「今日のことは忘れないわ。あなたたち二人が助けてくれたこと」

「それからハロルドに」私は思いついて言った。「すばらしい人生を送った人に」

私たちは袋の中の男性を見て、彼のためにグラスを挙げた。

「ケイダは、ハロルドのことを好きになったと思うわ。そうじゃない？　マーサ」ワンダが言った。「知り合えなくて残念だったわ」

「変だけど」私は言った。「でも今日から、何だかハロルドのことをよく知っているような気がしているの、じゃなくて、えっと、知っていた気が」

「財布に写真入れてる？」マーサが言った。「彼女に見せてあげて」

ワンダがバッグの中をごそごそと探って写真を探している間、私たちはメニューからスープ、サラダ、パスタを頼んだ。本当は、フィレか極上のリブなどの赤身の肉を頼みたかったのだが、それはまずいような気がした。赤身の肉は男性の食べ物だが、私たちと一緒にいるのは、男性の霊だけ、ワンダにとっては男性の思い出だけだった。彼女は私に写真を渡した。

「これよ」彼女は言った。「これがハロルド……だった。あまりいい写真じゃないけど。実物のほうがずっとよかったわ。そうじゃない？　マーサ」

「彼には独特のものがあったの」マーサが言った。「美男子というのじゃないけど、でも分かるでしょ、人とは違うのよ」

写真に写っているのは、白髪混じりの、ワンダよりずいぶん年上の男性で、キッチンの椅子のようなところに、二匹の犬を膝に載せて座っていた。

「まあ」私は言った。「この子たちがヒズとハーズね」

「かわいいでしょう?」ワンダが言った。「あの子たちに会いたいわ」

彼女はワインを少し飲んだ。

「ハロルドがいなくて、私だけが一人で帰ったのがどうしてなのか、あの子たちには分からないでしょうね。ハロルドのことが大好きなのよ」

「そうでしょうね」私は言った。

「ハロルドはすてきな人みたいね」

この犬を抱いた写真の人が、今はコートとマフラーを積んだ上に置かれた、紙袋に押し込められた小さな灰の山だということが、私にはなかなか理解できなかった。その一方で、彼が残した妻と、一人は彼が一度も会ったことのない、妻の二人の友人が、豊富なメニューの中から滋養と栄養を求めて食事を注文しているだなんて。

私は写真をワンダに返した。彼女はマーサに、金銭的な状況について話していた。

どこかのおとぎ話から引っ張ってきた話のようだった。王様が死に、お妃様にお城と王国の鍵と、二匹のパグ犬、ヒズとハーズの保護権を残した。

「あの家を売って、もっと小さいところに引っ越したほうがいいかしら」彼女は言った。「あの大きさの家に一人で住むなんて馬鹿げてるわ。それに、あそこに一人でいるのって何だかこわいの。昔からそうなのよ。変よね」

ブラザーが死んだら、クレジットカードの支払いを全部終えるまでに何カ月かかるだろう？ 私は払い終わるまで生きていられるだろうか？ もしかしたら、教職資格を取りにまた学校に行くかもしれない。何年か前、私は学校をやめた。楽観主義というものが尽きたとき、教えることへの情熱が修復不可能なほど痛めつけられたとき、教えるということが、その前から屈辱的なまでに給料の安い職業だったが、そればかりでなく、急激に屈辱的なまでに尊敬されない職業になって行ったときだ。この数年というもの、子供は学校に銃を持って行くし、週末には殺人か自殺をするし、錠剤の麻薬を使う。私たちが子供の頃は、週末はカプセルの薬を飲んだものだったけれど。私には、どのようにすれば自分をそこに結びつけられるのか、分からなかった。子供たちに自分や他人のことを大切にさせるにはどうすればいいのか、分からなかった。

きちんと彼らの助けになることをするなんて、どうしたらいいのか分からない、と思った。だから私はあきらめて、私よりもやり方を心得た教師のために、私のように使い果たされ、倒れ、燃え尽きているのではない教師のために、スペースを空けることにした。

ブラザーは、ジョージアに埋葬してもらいたがるだろう。彼を責めはしない。そこが彼の故郷なのだから。彼の愛する人はみんなそこにいる。絶対に、ここではない。

実のところ私たちは、彼がまず土曜日にフィールドで、次に日曜日に新聞で、毎週毎週悲劇的な死を遂《と》げるというフットボールシーズンをいくつも生き抜いてきた。このように二回死ぬという習慣は、彼の上に暗い影を落としていた。しかし月曜日が来ると、彼はまた死から立ち直り、事務所へと向かった。「善人を倒すことはできない」私は出かける彼に言った。「愚《おろ》か者を愚かさから遠ざけるのは無理ってことか」彼は私に笑いかけて言う。ブラザーはいつでも笑える。この辺の人々はそれが大嫌いだ。

いくつものシーズン、ブラザーは幽霊のように街中を徘徊《はいかい》した。私は、彼が入るや否や、レストラン中が静まり返ったのを見たことがある。子供たちが、彼が誰なのかに気が付いて、母親のもとに走り手をぎゅっと握るのを見たことがある。月曜日の昼時にクォーターバック・クラブでのスピーチのために通りを歩くブラザーを見ていたせいで、ドライバーたちが車を衝突させてしまったのを見たことがある。二言三言の言葉だけをかろうじて持っている死んだ男が(私への言葉はほとんど残されていないのだが)歩いているのを見たせいだ。

私は、ずっと未亡人のように扱われ続けるシーズンを、何度も生き延びてきた。何があっても見捨てないしぶといファンに抱きしめられるのや、肩を叩かれるのや、「残念だけど、頑張って乗り越えて」というカードの添《そ》えられた花をもらうのや、目を逸《そ》らされるのや、悲しい顔をされるのや、冷ややかな同情を受けるのに耐《た》えてきた。ひどいののしりや、私個人に対する嘲《あざけ》りや、背中にかけられるビールや、悪意に満ちた手紙のことは言うまでもなく。

こうやってブラザーの小さな死に苦しんできたから、いざ大きなのが来たときは、少しは穏やかに迎えられるのかもしれない。分からないけれど。ブラザーのことで私に分かっているのはこれだけだった。彼は、フィールドの内や外で殺されたことはあるけれど、それでもまだちゃんと生きている。と同時に彼は、生きていながらも、少しだけ死んでいる。

「さびしいでしょうね」マーサが言った。「でも少なくともお金の心配はないのね」

「たぶん旅行に出るわ」ワンダが言った。「しばらくの間。ハロルドが行って……死んでしまったということに慣れるまで」

彼女は頭を振った。

「私、死んだという言葉を使うようにしなくちゃ。彼は死んだ。ハロルドは死んだ」

彼女は隣のくたびれて来た紙の袋を見た。

「あなたは死んだのよ、ハロルド」彼女は言った。「本当に残念だわ」

それから白ワインをぐいと飲んだ。グラス一杯しか飲んでいなかったが、もっと飲んでいるように見えた。

「犬はどうするの?」私は言った。「旅行に行くとなると」

「連れて行けるように手配するわ」

「どこに行くの」

「北スペインかしら、たぶん。スペインの沿岸か。とてもきれいなところ」

「私はハワイに行くわ」マーサはダイエットコークを少しずつ飲みながら言うと、テーブルにグラスを叩きつけるように置いた。「ううん、それは取り消し。水着のバカンスはもういいわ。年を取りすぎたもの。太りすぎだし。パリに行くわ。毎日違う美術館に行って、毎晩違うカフェに行く。ゆっくりと長い散歩をして、音楽を聴いて、今まで読めずにいた本を読むわ」

「あなたはどうする？　ケイダ」ワンダが聞いた。「あの、もしあなたが急に一人残されてしまったら」

「私はもう何年も、夫を亡くした女も同然よ」

私は言った。あまりにも苦々しく言ってしまい、自分でも驚いた。

「だから、本当に文字通り、夫に先立たれたらよ」マーサが言った。

「お金持ち？　それとも貧乏？」私は聞いた。

「今のあなたのままでよ。それで夫がいなくなったの」マーサがしつこく続けた。

「引っ越すわ」

「どこへ？」

「西部の外よ、たぶん。どこかもっと暖かいところ。人々が温かいところ」

「彼女、南部に戻るわね。南部の人って結局そうなの」マーサが言った。「ジェフと私はね、もう何年も前に発見したのよ。南部人は南部以外にはなじまないって。いつでも故郷を懐《なつ》かしがっているの。ほら、ビスケットを食べるとかそういうのよ。南部人というのは、南部しか愛さないし、どうしても南部を忘れることができないみたい。特に大学フットボールの人たちはそう。ジェフも言うのよ。『南部人が大学教育について語るとき、それはフットボールチームの話だ』って」

「私、もう少しワインを頼むわ」ワンダが言った。「あなたたちはどうする？」

「私、運転するから」私は言った。「でなかったら、船を沈ませるくらい頼むわ」

「ボトルをオーダーするから」ワンダが言った。「もしよかったら、少し飲んでね」

「私は飲まないわ」マーサが言った。

「でも飲むべきよ」私は言った。

「どういうこと？」彼女は私をじろりと見た。

「道徳の警察官でも、ときには休みがいるっていう意味よ」

「あんたのことを南部人って言ったから怒ってるわけ？」

「私は、南部人よ。当然でしょ」

「いい？　私が言いたいのはそれよ。ワンダや私が『私たちは、カリフォルニア人よ。当然でしょ』って言うのを聞いたことがある？　ないわ。言わないもの。私たちは、世界市民になろうとするもの」

「ちょっと、いいかげんにしてよ」私は言った。

フォークをパスタの皿に突き刺し、馬鹿みたいにぐるぐると回した。私は思った。世界市民になるためには、失礼な人間でなければいけないと言うのなら、私はごめんだ。いや違う。私は思った。私だって世界市民になれる。

「世界市民とはね、マイ・ハインド・フット《まったくもう》」

ワンダが喜んだ。

「そういう南部の表現って大好き」彼女は言った。「本当よ。昔『ヒーホー』って南部のドラマをやってたでしょう。大好きだったの。ロサンゼルス中で『ヒーホー』を毎週欠かさず見ているただ一人の人間だったと思うわ」

「そりゃそうよ」マーサが言った。

「見てなかったなんて残念、マーサ」私は言った。「学ぶことがあったでしょうに」

「南部の人って、みんなこう神経質なわけ?」マーサが言った。

「カリフォルニアの人って、みんなこう無神経なわけ?」私は言った。

ワンダが、休戦を宣言する咳払いをした。

「一人になったらどうするか、まだ言ってないわ、ケイダ」ワンダはまだ聞きたがった。「興味があるの」

「何かあるはずよ」マーサが私をじろりと見た。「絶対にその通りにしろとは言わないわ、ケイダ。証明してと言うわけじゃない。想像くらいはできるんじゃない？」

「ほかの人を探す？」ワンダが言った。「再婚を考える？」

「いいえ」私は言った。「あなたは？」

「まさか、それはないわ」ワンダが言った。「そんなこと、まだ考えることすらできない。でも、幸せな結婚をしていた人は、伴侶を亡くすと再婚したがるものなんですって。最初の伴侶が、結婚は幸せでいいものだって教えるから」

「あの結婚してる俳優、ハロルドのことを聞いたらどうするかしら」私は聞いた。

「ありとあらゆる適切な態度を取ってみせるでしょうね」ワンダが言った。

「ああ」私は言った。「臨機応変って人ね」

「そうよ」彼女はグラスを持ち上げ、私にウィンクした。「またやり直そうと言って来るかもしれないわね。分からないけど」

「やり直させてあげるの？」

「孤独のあまり、頭がおかしくなったら」

「そんなことってある？」私は言った。「孤独のあまり、頭がおかしくなるなんて」

「当然よ」マーサが言った。「芸術がどこから生まれると思う？　芸術家というのは、あまりに孤独で、凡人から見れば、どうにかなってるみたいに見えるものなの。芸術家は、自分にとっては孤独感が和《やわ》らぐ人工の世界を作り上げる。芸術とはそれなのよ。つなげようとする努力のこと。だから美術館に行くと、私はだいたいいつも泣いてしまうの」

「知らなかったわ」私は言った。「あなたがそうやって泣くなんて」

「美しさと奇妙さと痛みを見るでしょ、そうすると、何て言うか、感極まって、泣いてしまう。ジェフは私のこと、おかしいと思ってるわ」

マーサは、大学で芸術を勉強した。彼女にも忘れられないものがあるのだ。

「こんなこと言うのはひどいと思うんだけど」私はマーサを見て、それからワンダを見た。「でも、ほんの少しだけど、ワンダ、あなたがうらやましいって思うのよ」

「何ですって、どうして？」

「ひどいわよね、分かってるわ。いやになる。でも、ある程度は、そうなの」

「分かるわ」マーサが言った。「自由ってことじゃない？　目の前に広がる可能性」

「あなたたちには、可能性が広がっていないの？」ワンダが言った。

彼女はワインをマーサと私のグラスに注いだ。私たちは二人ともそれを飲んだ。

「可能性を持つために、夫に死んでもらいたいということ？」

「すごくひどいことみたいに言ってくれるわね」私は言った。

「ジェフに死んでほしいんじゃないわ」マーサが言った。「そこははっきりさせて」

「ブラザーだって」私は言った。「ただ、生きている人間は、そのときどきで違うけど、私たちのどちらか一方だけじゃないかと思うことがあるの。彼である場合もあるし、私である場合もある。でもほとんどは、生きているのは彼」

「ブラザーはいい人なのよ」マーサがワンダに言った。「とっても気さくで。土曜日、試合の後に会えるわ。紹介するわね」

「楽しみだわ」ワンダが言った。

「勝った後だといいわね」マーサは私を見て笑った。「そうでしょ？　ケイダ」

帰り道、ワンダはハロルドの遺灰を胸に抱きしめながら、バックシートで眠ってしまった。彼の紙袋はしわくちゃに潰れ、箱は形が崩れて曲がっていたが、しかし名前はきちんとそのままで、簡単に読めた。「シャピロ、ハロルド　T」。

フロントシートでは、マーサが顔を冷たい窓のほうに向けて、罪を取り消すべく眠っていた。昼食のとき、彼女は四杯のワインを飲んだ。たぶん彼女にとっては世界記録だろう。私は嬉しかった。問題の多い子供に疲れた母親たちが言っていたのと同じだ。マーサは寝ているときが一番いい。たぶん私も、寝ているときが一番いいのだろう。おそらく、それが間違いのもとだ。

私は家に着くまでずっと、道路から目を離さなかった。両手でハンドルを握った。私は、この日はずっと記憶すべき日になるだろうと思った。家に着いたら、覚えていられるように、今日の日付を調べてどこかに書いておこう。

ふだんの私は、公式の日付というものを知らない。私は、十二カ月のカレンダー、曜日、時計の法則とは関係なく動いているのだ。私はフットボールのシーズンという、緩《ゆる》やかな時季に従って生きている。

秋が来ると、週はどんな試合があるかによって分けられる。コロラド大との試合の週、エルパソ大との試合の週、という感じだ。大事な数字は、最終スコアだけ。そのようなシーズンの後は、よく知られているように、同じく厳しい新人獲得の季節となり、そのまま天地を引っくり返す契約日へと続いて行く。そのうち冬の調整とウェイトトレーニングのときが来て、やがて春の新鮮な空気を吸いながらの練習が始まる。夏休みに入ると、またウェイトトレーニングと、何週間か続く男子高校生のフットボール合宿がある。七月の終わりには、新入生が大学に着き、八月の終わりには、またシーズンが始まる。私はこのフットボールのスケジュールと、複雑なことにそれにまつわる自分の生理の周期を加えたものに従って生きて来た。

秒単位、分単位で、過ぎていく時間が現実なのは試合中だけだった。そのときでさえ、コマーシャルや、ペナルティーや制裁の設定のために、時間は止められる。それがフットボールの時間というものだ。フットボールの時計の十五秒は、人生の半分にも思える時間にも、誰かの持っている時計が二十分と示す時間にもなりうる。時間は、多すぎるか少なすぎるかのどちらかだ。もし聞かれたらそう言う。

これまでの人生、人々は私に「時間とはこれこれこういうものと正確に言えるものだ」と教えようとしてきた。でも私にはそうは思えない。「時とは金だ」と言う人もいる。しかし、私個人としては、その通りだと感じ入ったことはない。たぶん時間というのは、人それぞれが使い方を決めるものなのだ。私の場合は、大して使いこなしていない。別の言い方をすれば、時間とは茫洋《ぼうよう》たる海であり、私はその中を泳いでいる。そして近頃の私は、たくさんの時間を、よく分からないことのために使っている。

ときどき、バックシートでコート、手袋、ブーツで眠るワンダをちらちらと見た。彼女はハイイログマをおとなしくさせられるくらいのワインを飲んだ。私は彼女の飲みっぷりに驚いた。しかし、おかげで彼女が深くすやすやと眠ることができたので、よかったと思っていた。彼女は赤ちゃんのような顔をしていた。まだ悲しみでむくんだ目をして、口を少し開けていた。何か役に立つことを、こんな痛みにまつわる小さな物語を、夢に見ているのだといいけれど、と私は思った。夢に見ることで、私たちは自分を縛《しば》りつけている心理的な結び目を解くことができる、という話を読んだことがある。それが本当だといいのだが。

私は、ワンダのようになりたいと思わなくもない。眠りながら古い生活を捨て去り、目覚めたときに新しい人生を無理やりにでも始めるのだ。おそろしいし、悲しいのは確かだが、完全に自由でもあるのだ。それもいいかもしれない。

私にも、ハロルド・シャピロと知り合い、彼を愛する機会があったらよかったのに、と思った。もしどう頼めばいいのか分かるものなら、私はワンダに、スプーン一杯のハロルドの灰をくださいと頼んだことだろう。小さな薬瓶かジップロックの袋に入れて取っておくのだ。私は、持ち、保存するために、ハロルド・シャピロの一部をもらいたいと思った。

私は、彼の存在と私の存在を混ぜたかった。それで強くなるような気がしたからだ。ワンダが考える、灰を食べるようなことはしないだろう。そこまでするほどには、彼のことを知らなかったから。けれども、灰を指につけて、フットボール選手のように両目の下に塗るくらいはするかもしれない。あれは太陽や照明から目を守る実用的なものなのだが、同時に、痣や怪我があるかのような危険な風貌を与える。すると待ち受ける世界に、選手の場合は試合に、立ち向かう準備万端のように見える。

私はハロルドの灰を自分の肌につけたかった。彼が知っていたことや、今知っていることの一部を、私の肌に吸い込ませる機会がほしいと思った。それに、そもそも、死後の世界を信じているのは私なのだ。彼が天上にいると信じ、彼に祈りを通じて話しかけ、彼に地上の様子を伝え、時折彼に祝福を頼めるのは私だ。私はワンダとは違う方法で、ハロルドの存在を信じるのだ。彼女の考えに反対するわけではない。現実の人生の後にもっといい人生が待っていると信じることができないのは、彼女のせいではない。おそらくハロルドも、信じてはいなかっただろう。しかし、彼が信じたいと思っていることは確かだ。そのために手伝ってもいい。手伝いたかった。

しかし、知り合って間もない女性に、彼女の夫の灰をくれなどと、どうやって頼めばいいのだろう？　灰を必要としていることを、どうやったら説明できるだろう？　奇跡が起こってワンダが少しくれることになったとしても、今度は、私はどのくらいの時間、自分がもらったのは彼のどの部分なのか考えるのだろうか？　私は灰を見て、それが脳みそなのか、陰茎なのか、心臓なのか、お腹なのか、左の肘《ひじ》なのか、丸まった黄色い爪の付いた足の指なのかを考えるのだろうか？　安置所では、私のような人間が、このような答えられない質問をしたくてもできないように、何でもかんでもかき混ぜてしまうのかもしれない。そうだといい。

マーサとワンダを、マーサの家に降ろしたとき、外は暗かった。「入ってコーヒーを飲んで行って」とマーサに言われたが、私は断わった。ワンダが私の側に回って来て、窓を叩いた。

「ありがとうと言いたくて」彼女は言った。

私は車のドアを開けて外に出ると、ワンダを抱きしめた。彼女が血を分けた姉妹で、今日になって初めて、同じ父親を、私たちを見捨てたどうしようもない父親を持つことを知ったかのように。しかも今日までの私たちと同じくらい道に迷った姉妹たちが、世界中に後どのくらいうろついているのか見当も付かないかのように。

「このことは忘れない」ワンダが言った。「あなたのこと、忘れないわ」

「私も」私は言った。

私は彼女の頬を伝わる涙にキスをした。地の塩のような味がした。ハロルドは私たちの胸の間で、ぎゅっと潰された。彼は、彼の死のときにくっついたワンダと私というシャム双生児の姉と妹の心臓のようだった。私たちはまた泣いた。できれば今日のところは、これを最後にしたい。

「あなたが大好きよ」私は言った。「本当よ。きっと元気になるわ。すぐに。きっと元気になれるわよ」

「私もあなたが大好きよ」ワンダが言った。
彼女はハロルドの入った、くしゃくしゃの袋を私たちの間で振った。
「ハロルドもあなたのことを好きになったと思うわ」彼女が言った。
私はその言葉を信じた。

その二日後、ノースウェスト州立大は、グレイウルブズを十七対十三でのした。気温は華氏二十三度で、雪が降っていた。マーサとワンダは暖かい報道席から試合を見ていた。二人は私に手を振った。私は、自分なりの理由を持ってそこにいる、真鍮《しんちゅう》のように堅固な魂《たましい》の持ち主たちと一緒に、五十ヤード辺りのスタンド席に座っていた。雪は下に降り続けた。下という言葉が、くり返し響いているような感じがした。私たちはじわじわと下向きになって行った。攻撃の回が下って行くのを見ていた。下に下に下に落ちて行く。チームは健闘した。神に誓って。本当によく戦った。見ているうちに、感覚がなくなって行った。心臓は切り出した氷の塊のように固かった。
試合の後私たちは、マーサの家の後援会と理事の集まりに行かなければならなかった。

た。彼女は、暖炉に火を燃やし、温かい食べ物をトレーに載せてダイニングルームのテーブルに出していた。ブラザーと私は、まるで血統書つきの犬の群れに入り込んだ二匹の野良猫のようだった。彼らがすてきな書類を持っているからって、もう犬でないということではない。噛《か》みつけないということではない。

私がブラザーをワンダに紹介すると、彼は彼女を抱きしめた。彼女には思いがけないことだった。しかしブラザーはいつも抱きしめる。女性を抱きしめる。女性たち、それと私、が苦しんでいることを知っているときは特に。ブラザーはある種の苦しみについては、何もかもよく知っている。彼は、少し幸せなときの女性のことがこわいのかもしれない。しかし苦しんでいる女性なら別だ。彼は、苦しむ女たちを扱うのが最高にうまい。そういう女ばかりの一家で育ったのだ。

「とてもやさしい人ね」ワンダが言った。「フットボールの監督だなんて信じられない」

「大勢の人がそう言うわ」私は言った。「みんな、彼に銃でも持っていてほしいの。あの人が銃を持って来て撃ちまくり、部屋にいる人の半分くらいをなぎ倒しでもしたら、みんな彼のことをもっと好きになる。もっと敬意を払うわ」

ワンダは笑った。彼女が笑うのを見たのは、それが初めてだった。

「私、試合に負けてしまって残念だったと言ったの」彼女は言った。「彼、何て言ったと思う？」

ワンダは信じられないという顔で私を見た。

「『来週には別の試合があるよ。いつでも翌週というものがある』ですって」

「だからフットボールが嫌いなの」

私は笑っていたが、その笑いには皮肉がこもっていた。自覚があった。

「必ずしも本当ではなくても、ブラザーが信じているスポーツの格言の一つだわ」私は言った。「『つらいときこそ粘《ねば》る者が勝つ』、『勝者はあきらめない、あきらめる者は決して勝たない』『決して死ぬなんて言うな』とかね。あ、ごめんなさい、そんなつもりじゃなかったの。死ぬ、なんて」

「いいのよ」ワンダが言った。

その電話が来たのは、真夜中過ぎだった。私はちっとも驚かなかったが、ブラザーはかなり驚いていた。ほんの一分前にトイレの鏡越しに会った、健康体の見本のように見えた人が死んでしまった、という知らせを受けたかのように。

「くそっ、ジェフ」彼がそう言うのが聞こえた。「何だって？　信じられない、まったく。今年が再建の年だってことは知ってるだろう」

彼は、生きて呼吸をするには、あまりにも無邪気すぎるのではないか。彼がここまで生きて来られたのは奇跡かもしれない。彼が、自分自身の永遠の無邪気さに殺されることはないとしても、私は殺されるだろう。私はふとんを頭からかぶり、彼のショックが怒りへと変わって行くのを聞いていた。

「何だよ、一丸となってやるんじゃなかったのか」ブラザーは言った。「いつも味方だと言っていたじゃないか」

私は大声で笑った。笑いながらベッドの中でのたうち転げまわった。いったいどうしたらブラザーは、私たちはみんな一丸となって取り組んでいる、なんて思えたのだろう？　一丸となって取り組んでいるのは、勝つこと。負けるのは、個人個人が一人ですること。彼は知らないのだろうか。

私には、明日、マーサが早朝からうちに来ることが分かっていた。彼女の名前を浮き出しにしたカードに、聖書の一節を書いて持って来るだろう。たぶんその文面は、

「神よ、彼らを許したまえ。彼らはなすべきことを知らない」とか、「まこと、我は死の影の谷を歩き越えて来た。何もおそれるものはない」とか、「清廉《せいれん》は、敬虔《けいけん》に並ぶ」、といったものだろう。そんなことが本当であるわけはないし、第一、聖書にだって書いてないだろう。マーサがどんなに信じさせようとしたって、私がそうはさせない。

トータル・リコイル

二人めの夫と結婚したのは、彼の手のせい。あなたには前にも言ったけど。あの人は、手を語るならまさにこれのことっていう、そんな手を持っていた。私の知るかぎり、男の人の手としてはあれが最高ね。彼はその手で、何でも、どんなものでも直せるの。私のことも。私が直してもらわなくちゃいけないというときには、その手を取り出して直す。だから私は彼と結婚した。でもそんなこと、とっくに知ってるわね。

私がすてきな二つの手に弱いってことは。

たまに言うことなんだけど、私の男についての知識なんて、指貫《ゆびぬき》に入ってしまうほどしかないの。しかも指貫の半分。かと思えば、知りすぎた、ここまで知りたくはなかったのに、と思うこともある。しかもその半分はうんざりするようなこと。こんな調子だから、新しく出会った男に今みたいに振り回されると、頭がおかしくなる。

まずは飛んでしまう。それが最初の兆候。空中をさまよう羽みたい。仕事から家に帰るまでの間、一度も地面を踏まないの。そんな私を見たって言う人たちもいる。でもみんなには、いったいどうしてそんなことになっているのか分からない。その中に理由を言い当てられる人がいたとしても、今度は私のほうがそんなことに構ってはいられない。今生きている女の人の中で、できればたまには、私みたいに飛んでみたいと思わない人なんて、まずいないと思う。

実は今、こわくて。でも、こわいと感じるのがこんなにすてきだって知ってたら、やりはしなかったけど、実はしたかもしれないことが百個ぐらい出て来る。蛇《へび》をつまみ上げるとか。飛行機からパラシュートで飛び降りるとか。戦争に行って前線に立つとか。そういうこと。だって、こわいってすばらしいもの。

そもそも、彼、電話をかけて来ないの。絶対に。あの男。電話はなし。私といえば、すごく緊張した状態で、電話の鳴る音を待って耳をそばだてている。ほら、家に赤ちゃんがいるときに、部屋から聞こえて来るどんな微《かす》かな音にも注意する、あの感じ。電話については私はこんな調子で、いつもドキドキ、ピリピリ。そもそも彼は電話して来ないんだけどね。彼からの電話なんて、私が頭の中で期待してるだけ。

ときどき思うの。私が「これは絶対うまく行く」って思えるような何かを何でもいいからしてくれないと、私はただの作り物の一つとして埋もれてしまう。彼も私も、現実の人間ではなくなってしまう。

と言いつつ、実はそれよりはもう少し分かってるつもり。つまり、もし彼が現実の人でないのなら、ほかの何ものも、現実のものではなくなるでしょ。私たちが吸うこの空気も、ちゃんと生きている私たちの母親も、何もかもがね。

電話をするとかしないとかって話は、現実とは関係ないわね。現実とは、ただそこにあるもの。あの男のすることやしないことによって変わるわけじゃない。私だって変わるわけじゃない。現実は、好きなようにする。私たち二人の上に座る。まるで疲れて太ったご婦人みたいにどーんと。私たちのことなんか見ないでしゃがみ込むし、座られたが最後絶対に動けない。私たちは、現実の下でほとんどまっ平らになるまで潰される。タルカムパウダー臭いスカートを穿《は》いてるせいで息が詰まりそうになってるときみたいに。だから電話のことで心配する理由なんかないんだけどね。

電話だけじゃない。道を歩くとか。エレベーターを降りるとか。手書きのメモでも。ドアへのノックでも。何か変わったことをしてほしいの。というのが、男について私が言いたいこと。あの人たちの考えてることってさっぱり分からない。それにときどき不自然だし。だって私は彼に動きを起こしてほしいし、食べ物よりも水よりも休息よりも、それを求めている。私が思うに、彼はそれを理解してる。でも男の理解と実際の行動の間には隔《へだ》たりがある。そこがどうもよく分からない。

そのうち、本が読めなくなる。くだらない本のことじゃない。人を煽《あお》りまくる騒々しい本のことでもない。あらゆる本。いい本を読んでゆったりするってことができなくなるの。ときどき、あの人が本の中に入って来るから。何でそんなことが分かるのかなんて聞かないで。男がすることの半分くらいについては、理由なんか聞いても無駄。分からないの。

段落には、いちいち彼の名前が書いてある。おかげで馬鹿なことの一つだって読めなくなるし、腹が立つからページをめくることができなくなる。ひどい話。世界で一番無害な薄いペーパーバックですら、中に男を潜ませて、あなたが読み出したとたんにそいつを本から飛び出させることができるんだから。ページの上の言葉一つ一つが、ニコニコしている彼なの。まるで小さな手みたいに、紙はこっちに迫って来る。話を作ってるわけじゃないからね。

男がそれを知らないと思ったら大間違い。彼は丸一日涼しい顔をしていられるけど、私だって馬鹿じゃない。彼には分かっている。分かったうえで、私が手に取るすべての本に自分を忍ばせる。ベッドで読もうとしたらどうなるか？　もちろん、読めるはずないでしょ。

二度も結婚歴があるんだから、いいかげん何でも知っててていいんじゃないかって思う？　貴重な教訓の一つも得てるに違いないって？　だったら、結婚を経験したという証明書を、学校の卒業証書みたいに壁に掛けておいて、何かの証明に使ったらいいかもしれないわね。ここ一番というときに「これが私の資格を証明するものです」って、それを見せながら言うのもいいかもしれない。

私は二人の男性のことを詳しく研究した。何年も何年も。彼らと子供も持った。何なら、子供の出生証明書を、結婚経験者証明書の隣に掛けたっていい。もっと上の学位を取ったみたいに。だっていいかげん教養たっぷりの女のはずだもの。賢い女と言っていいはずよね。でも実際は、男のことなんて豆粒ほども知らない。もう男のことは学び尽くしたと思っていると、また別の恋愛講座に履修申し込みをする羽目になる。

恋愛講座は生物学と関連があるはずよ。だって何をどう言われようとも、私自身の行動とは関係ないもの。自分ではコントロールできないことだから。だから今みたいに男に振り回されているときというのは、まあ、今のは人生でたったの三度目の馬鹿な経験なんだけど、私は状況をじっと正面から見据えて、「これは運命だ」って言うの。だってそれ以外、女に何ができると言うの？

ラジオを聴くのが死ぬほどこわい。あの男、絶対にラジオ局とつながりがあって、自分の好きな曲しかかけさせないのに違いない。どの曲も誰かに贈る特別のリクエストみたいに聞こえるの。彼が「それでは女よ。次の曲を聴いて。次の曲によく耳を澄ませて」って言ってるのを聞いたのよ。彼はDJか何かみたいに言うの。まあ、私にしか聞こえないんだけど。しかも彼は、私が音楽に弱いってことを知ってるの。いい曲にはぐっと来るのよ。彼は一日中、私のもとにいる。ラジオを越えて。ラジオからあふれ出して。一日中。私を覆い尽くす。おかげで音楽に溺《おぼ》れそうになったこともある。

彼は最初の夫とはずいぶん違う人よ。最初の旦那のことは、あなたは知らないわよね。その頃は私たち、まだ知り合ってなかったから。とにかく彼は、最初の夫とは違う。夫は私の最初の恋人だった。あなたの恋人みたいな人、たぶんほかの女性みんなの恋人みたいな人。

ときどき、初めの頃、夫とどんな話をしてたか、思い出してみようとするの。でも記憶しているのは、私たちには一言も言葉がなかったってこと。一つの言葉すらも思い出せないもの。あの頃は、座り心地のいいソファで話をしなくちゃいけないとは思わなかった。腕と足と口、爪先とお腹があるんだから、それでいいじゃないって思ってた。話はいずれってことにした。そのほかのものは待ってはくれなかったから。ようやく、話さなくちゃいけないってことが分かるようになったときには、どうやって話せばいいのか分からなかった。そしたら、すべてが乾き切ったように思えて来た。あの甘く絶《た》え間なく流れる甘い蜜はもうない。よく理解してね。しばらく時間が経つと、最初の頃のように単純に湧《わ》き出させることはできなくなるの。続けて行くためには言葉を必要とするようになる。でも私たちには言葉がなかった。

あのとき学んだのはこれね。言葉を持っていなくてはだめ。今はこのことは守ろうと思ってる。

でも、今度のあの人はまるで違うの（あらゆる女が、あらゆる男について、こんなふうに言うものだってことは知ってる。私に言わせれば、女は希望を持ち続けていいはずよ）。私たちは話をするの。私たち、二人には会話があるって気付く前から、もう何カ月もしゃべり続けていたの。普通の二人の人みたいに。子供たちのこと、テレビのこと、奥さんの誕生日に何をあげるかってこと（あなたがこの部分を気に入ることはお見通し。奥さんについての部分。興味津々なんでしょ）。

兄弟のことも話した。彼のと私の。どっちも弁護士。高校で「一番出世しそうな人」に選ばれたのは私、実際に弁護士になったのは弟。人生ってこんな具合にどうかしてる。母親のことも話した。大学のことも。彼は大卒、私は大卒じゃない。私は二年間、美術学校に行って、そこでドカン！　私は新たに、人生で一番大切なのはこれ、と思えるものを発見したんだった。それは、すてきな手を持った、すてきな男。私は、発見したそれと結婚した。そんなわけで、私とあの人は、そう、若くて恋に夢中になっているときの世界観なんかも話し合った。

私たち、何でも話し合ったの。まるで体の存在しない人間のように、ただひたすら話した。顔なんてほとんどないみたいに。お互いの間を駆ける二つのほほ笑みみたいに。ランチに行ったコーヒーショップでのことなんだけどね。そのほほ笑みは、すぐに大笑いへと変わった。くすっと笑うなんてもんじゃない。あなたと私が、何かおかしいからってするようなのとは違うのよ。ものすごい大笑い。涙は出るし、われながら公共の場ではまずいと思うくらい大声になるし、脇腹も痛くなるけど、でも止まらないの。実は止めたくもないけど。彼は、私が日々巻き起こす笑いに対して、誰か昇給を考えるべきだと言った。

変な話よ。だって私、おもしろいのが自分だとは思ってなかったから。おもしろいのは彼のほう。今までの人生、これほどうまいことを言う人ってまずいなかった。私には、彼の話の中にある真実のすべてが見えた。だから笑ったの。彼は、私自身の心と人生のことを語っていた。その話しぶりがおかしくて笑ってしまう。笑い出したら止まらなくなる。真実と、彼の巧みな語り口に笑わされるの。彼は、この前こんなふうに笑ったのがいつだったか思い出せないと言った。私の場合は生まれてさえいない頃。だってこんなに笑ったこと、生まれてから一度もないもの。

その日の午後、彼は、私は彼にとって一日で最高のこと、楽しみなことなんだと言ったの。まあ、それが、彼の目つきが違っていた日。いい感じの目つきで笑っていた顔。でもそれだけ。嘘じゃない。

それで、友情が始まったみたいなの。それもいいわよね、うん、友情っていうのも？　ランチのときは、お互いの姿を探し、一緒に座る。コーヒーブレイクも。仕事の後、駐車場でも。同じ会社で働いてるの。部署もフロアも違うけど、でも彼は出たり入ったり、行ったり来たりしてる。だから当然、彼を見かけることになるでしょ。何か特別なことがあるからじゃない。彼は私の席に来て、歩きながら机をコツコツ叩くこともある。私は顔を上げる。二人はにこっとする。これのどこが悪いの？

ある日のランチのとき、彼はクライアントの製品の広告案を話してくれた。例のコードの巻き取りができる電話のこと。受話器を持ったまま、電話から遠く離れても大丈夫っていうあれ。コードはどこまでも伸びるから。百フィートくらいかな。通話が終わったら、ボタンを押せば、コードは勝手に巻き取られるの。掃除機のコードみたいな感じ。テレビで見たことあると思うけど。電池も何もいらない。受信も良好。アンテナを伸ばすこともないし。受話器を頭に固定させる小さな付属品もあってね。それを使えば、受話器を持たなくていいから両手が空けられる。広告を見たことあるでしょ。通話料無料の問い合わせ番号があるから、そこにかけて、ビザカードで支払えばいいの。

はいはい、分かってる。コードレスの携帯電話が普及して、どこへだって行けて、どこかに縛《しば》りつけられる必要なんてないこの時代、どこの誰がそんな電話をほしがるのかって言うんでしょ。でも、ちょっと、信じられないかもしれないけど、この世の中、何かにつながっていたいと思う人はたくさんいるのよ。みんながみんな、束縛やしがらみから自由になりたいわけじゃない。ちゃんと調査したの。それに、この電話

「トータル・リコイル」は、ホットケーキみたいに売れてるんだから。ほんと。基本的な人間の欲求に適《かな》うわけ。通信と連帯感を同時に享受《きょうじゅ》できるの。天才の技ね。

天才と言えば、あの人はすごくいい広告のアイディアを持っていた。ごく平均的な通話をする間、受話器を頭につける装置を使ってできることを示そうとしたの。お皿を洗う、おむつを替える、服の山を乾燥機に入れる、マニキュアを塗る、なんてこと。そういうことをしながらも、お母さんと話してられる。そんな感じ。

私は話を聞いて、意見を言った。すごいと思った。どんな人だってそう思うはずよ。明快なアイディアだし、いい戦略よ。後で私は、彼が言ったことを描いてみたの。彼のアイディアを私なりに表わしたのよ。姉から来た手紙の裏に、ざっとスケッチをしたの。女性は、ただお母さんと電話で話すだけじゃなくて、同時に仕事もできるの。彼女は自宅で株の仲買人をしている人かもしれないし、自分で小さな会社を経営する人かも。とにかく、いかにも九〇年代的なことをしているわけ。きっと人の印象に残るはずよ。女性が裸足でキッチンのシンク前に立ち、お皿を洗っている。水がブラウスにはねている。彼女は十万本のアルミニウム線、あるいはＩＢＭ株、五千株を注文している。その声には決定権を握る重みがある。

それで、そのスケッチを彼に見せたら、彼は気に入ってくれた。こうなったら、当然彼は、私を一時的に彼の部署に異動させるリクエストを出すでしょ。で、一緒に仕事ができる。だって彼は、私が商業デザインを二年間勉強したことを知ってるもの。私、恋愛のおかげで、キャリアの道にどっかり障害物が置かれる前のことだけどね。私、基本的に人に協力してしまう性質だから、その障害物と結婚してしまった。そのときは、「最悪でも、ちょっと夢いっぱいの回り道をするだけだから。ちょっとした方向転換。永遠に幸せになるためのジャンプ台」なんて思っていた。

というわけで、今の私がいる。心はアーティスト、でも実際は秘書。福利厚生つきの。残業は仕事がある限りは必ずする。四六時中、チキンマックナゲットだの、百ドルもするスポーツシューズをほしがる子供たちがいるからね。今の会社ではもう二回昇進したし、仕事ぶりは優秀。そう、優秀なの。でもこれは私の目指す道ではない。彼は私を見て、それを理解した。

私なら彼のアイディアを聞いて、彼が圧倒されるようなプレゼンテーション用の図にできる。私はそう確信していた。スケッチを何枚か持って行った。彼は私を認めてくれた。それに、あの人もアトランタ出身なの。生まれも育ちもよ。小さな町の素朴なタイプとは違うのよ。ジョージア大学を卒業して、安物のスーツケースに服を詰め込んで都会に出て来る若者とは違う。彼には野心がある。私に夢があるのと同じよ。それで突然、私たちはチームになったの。職業上の用語ではそうなるでしょ。

あの人の足と履《は》いている靴と、腕と手、手といえば結婚指輪をしてるけど、とにかくその手、白髪まじりの髪、ボタンダウンのシャツ、アフターシェーブ・ローションの香り、肩、サイズぴったりできつくもないちょうどいいズボン。そういうものが存在し始めたのが、いつだったのかは分からない。それに、私は何カ月もの間見ていなかったけど、今ではとてもリアルな、いい体。彼があのきれいな男の体に、命を芽吹かせたのはいつだったのか、思い出せない。それに、その体の中にある大好きな人柄。人柄に触れるには体を無視するわけにはいかない。

私は、そのすべてを発見した。ゆっくり少しずつ。一日にそばかす何個というペースで。皮膚一インチ、服の生地一インチ。その一インチはそれはすてきで、なじみを感じていると言ってもいいかもしれない。だって毎日見ているから。あの人をじっと見つめるなんて、馬鹿なことをしてるわけじゃないけど。ただ見ているの。だって自分の意志とは関係なく、見ないわけには行かないもの。

いよいよ私の告白。あなたが待ってた箇所。牢屋《ろうや》に入れられるような告白じゃないけど（そうがっかりしないで）。でもここが聞きどころ。あの人は血の通った人間だ、ただの人ではなくて男の人だ、人であると同時に男だ、と気が付いてしまったとき、私は、自分ではいやなのに、つまり、その、こんなこと言いたくないんだけど、私は彼に、「私が女だって気付いてほしい」と思った。ほら、言ったわよ。

私、どうしても彼に気付いてほしかった。でも、いやになるほど長いこと、彼が私のことを注意して見ているのかいないのか、さっぱり分からなかった。彼の目には、私の体は突然命を芽吹かせたかのように映っているのだろうか。私の目に彼の体がそう映ったように。私には彼の足が見えるけれど、彼には私の足が見えるのだろうか。手は、首は、髪は、胸はどうなのか。彼が私のことを気に留めているのかどうなのか、私には分からない。ときどき、彼の視線が注がれているような気もするけれど。望遠鏡がいるくらい遠くから何秒か。私のブラウスの模様や、膝の傷に気を取られていたような気がする。でも確かではない。男のすることに確信が持てたためしなんてない。どの人のこともよく分からない。これが告白。

私が女だって、彼に気付いてほしい……そのときは、彼が結婚している、いないは、別に重要なことではなかった。つまり、別に関係なかった。要点はそこじゃない。何もかもがとりあえずの実験みたいで……罪のないことだったから、関係なかったの。私はただ、彼に反応してほしかった。それだけ。たとえば「今日はきれいだね。それ、新しいセーター？」とか。分かるでしょ？「ちょっと何か言ってよ？それでこの実験は終わるから。カット。アーメン。誓いますから」ってところ。だけど、彼が気が付かないまま時間が経つものだから、それなら私が気が付けるように手助けしてやるって思った（こんなこと言うの、すごくいやなんだけど）。でも本当に少しずつ。髪をきれいに梳かし、爪には透明感のあるマニキュア。ワンピースを着た。ワンピースのときは足が出るし、足が出ているほうが、自分が女らしいって感じられることもあって。それに七ポンド、何もしなくても自然にやせた。私、少しきれいに見えるんじゃない？って思った。少しずつ、彼も私を見るようになった。そうすると私はもっときれいになったような気がした。私の見た目がよくなると、彼はもっと私を見る。こんな調子で進んで行った。このままのペースで行けば、私たち二人とも、申し分なく美しい二人になると思った。少なくともお互いの目にとってはね。もう歯止めがきかないの。あなたも女だから、私の言いたいことが分かるでしょ。女なら分かるはずよ。

男性ってこの手の告白はしないわね。それどころか否定する。でも、あの人たちも同じことをしてると思う。髪を梳かす。姿勢よく立つ。ブルーを着る。彼に、突然、「ブルーが似合う、目の色が引き立つ」と言ったことがあるの。今では彼、週に三回はブルーを着てる。絶対。月、水、金。ブルーなの。

それから、ほんの少し、肉付けがされてきた。つまりね、ちょっとした、無害なボディコンタクトの登場よ。思わずはっとしてしまう、あれ。

たとえばある午後、私、足がつっちゃって、最悪の気分で靴を脱いだの。だって痛いじゃない。部屋中を飛び跳《は》ねた。つったのを治そうとして、ウーウー言いながら跳ねてた。そしたら、私が全然気が付かないうちに、彼は床に膝をつき、私の足をつかんでさすりながら、「力を抜いて、治してあげる」って言っていたの。彼の手が私の足を揉んだ。初めは強く、それからゆっくり、やさしく。あの人が治すコツを知っていたのか、ちっとも治りはしなかったのか、よく分からない。ただ、何もかも忘れてしまったの。何も感じなかった。私の足の上に置かれた彼の手のことも。彼が私に触れたのはそれが初めてだった。そこには深い意味はまったくなかった。でもその日の午後、彼はずっと静かだった。私もだけど。

あと、一度、どうしてそうなったのか分からないんだけど、しゃべっている途中で、あれっと思ったら、彼が私の手を取っていたことがある。二人とも手とは無関係であるかのように。手には手の意志があるみたいに（本気にしないで）。私は十六歳に戻ってしまった。十四歳かも。だって男性に手を取られたのなんて、生まれて初めてだったから。あがってしまって、べらべらとしゃべりまくった。大声で。われながら、悲鳴を上げてるみたいだった。ちゃんと見ていないと手が何をするか分からないってことに気付かれたら大変だから、馬鹿っぽく、しかもえらく緊張したまましゃべった。後で彼に断わってトイレに行って一息つかなくちゃいけなかった。

ちょっと待って。最悪はこれから。クライアントへの「トータル・リコイル」のプレゼンテーション用に、ボードを仕上げた日のこと。私はレタリングを全部手で書いた。彼はそんな私を、自分の子供の脳を手術する外科医を見るような目で見ていた。私の作業が終わったとき、私たちは一歩後ろに下がってボードを観察した。クライアントの企業に気に入られるという確信があった。きっと選ばれると信じることができた。だからごく自然に、彼は私を労《ねぎら》って軽く背中を叩いたの。いいものを作れたことが嬉しかった。予定よりも早く上がったし。私たちは抱き合って喜んだの。すごく自然なことでしょ。ただし、抱き合ったきり動けなくなったけど。ほんのちょっとの間ね。離れるだけなのに、有酸素運動でもしてるかと思ったわ。そんなことがなければ、フットボールの試合で、応援するチームが得点したときに観客が抱き合うのと変わらなかったのに。だって、赤の他人だって、ときによっては抱き合うじゃない?

その日私は、まるで巣に帰る鳥のように帰った。心臓は鳥が歌うように歌っていた。どんな音かなんて、どうでもいいわよ。実際は大したことないものだろうから。子供たちは私のそんな様子を見てた。私が家の中を飛び、一晩中羽をひらひらさせているのをね。子供たちもこわかったみたいだけど、私もこわかった。で、さっきも言ったけど、こわいってことがこんなにいいものだとは知らなかった。ものすごく幸せで、同時にすごくおそろしい。これが混ざるととてもいいの。最高なんだから。ねえ、聞いてる?

もちろん、夫たちのことなら言ったわよ。両方の夫のこと。おもしろい話もあるから。でも笑える話だけをしたわけじゃない。もう一つのほうもした。誰にも言ったことのなかったひどい話のほうのこと。二カ月というもの、毎日泣き続け、死ぬことも考えた、自分の名前も何もかも、忘れたみたいになった話。

二番目の夫の手の話もした。私は、一生、あの手を忘れようと努力することになると思う。彼に言わずにはいられなかった。だって彼が耳を傾けるから。まるで人生がそこに懸《か》かっているみたいに聞いていたから。

あなた、彼の正体が分かった、なんて思ってるでしょう？　いいから言って。「あんた馬鹿じゃないの」って言ってくれない？　コウモリもびっくりなほど目が見えないって。やり口を見てるくせに、そのやり口をまるで理解してないって。既婚者と女たらしの区別もつかないって。

まあね、あなたは正しい。やり口と背後の動機となると、私はまるでだめ。たいていの場合、まっすぐ最悪のものを思い浮かべるの。私のモットーは「最悪を想定せよ」だから。でも、まだ最悪のときは来てない。まだね。別にわざわざ来ることもないけど。彼は、結婚していることを都合よく忘れるような人じゃないから。それに今はまだ忘れてないし。私だって一分たりとも忘れない。本当だってば。

彼の顔に混乱が見えることがある。こわがっている。こわがっているときの男って、すてき。知ってると思うけど。でも、それがつらくって。ときどき、何もかもに対して、こんなに彼を幸せにしたことに対して、こんなに幸せにしてもらったことに対して、彼に謝りたくなることがある。ごめんなさいと言いたいの。ただの偶然の事故だから、二度とは起こらないと言いたい。一緒に笑ってしまったことを許してほしいと言いたい。あの楽しいおしゃべりを許してもらいたい。彼に謝らなくちゃいけないと思うことがある。彼も私に謝らないといけないけど。

奥さんの名前は言いたくない。あなたの知ってる人だから。今では私も知ってる人。私の罪の意識はどこへ行ったのかって？　覚えているでしょ、私も妻だったもの。妻の立場のことならよく知ってるわ。あの二度めの夫に教えられたんじゃなかったかしら、妻の立場ってものを。あの馬鹿らしい「手遅れになる前に目を覚ましなさいよ」と告げる心の声。なのに私には、心配するだけの分別がなかった。夫の言うことを鵜呑《うの》みにして信じていた。そこに「私を愛している」という言葉も入っていたからよ。でも、それを信じない女っていったい何者よ？　わざわざいざこざを求める女がいる？　私は求めない。だから、私は妻の立場というものを知ってるの。あんなもの、犬にだって味わわせたくないけど。

奥さんは「トータル・リコイル」の広告キャンペーンが気に入らないの。彼にそう言ったのよ。いやになっちゃうと思わない？　主婦が、裸足でキッチンのシンク前でバリバリ仕事をするなんて現実的じゃないって言ったの。そんなものを信じる人なんていないんですって。

彼にそう言われてから、何日も眠れなかったわ。奥さんは分かってない。電話して説明を始めないように自分を抑えるだけでも一苦労よ。ファンタジーっていうのは売れるの。そういうことなのよ。中には、現実につかまってしまっている人もいる。そういう人は、そのうち現実を崇《あが》め奉り出すでしょうね。テレビがどの程度、現実を映しているかを測《はか》って過ごしたりして。実際のところは、人々は現実を求めてテレビをつけるんじゃないんだとしてもね。とにかくね、ファンタジー。人々が買うのはこれなのよ。

人生は短い。これ、自分に言うことにする。人生は短く、困ったことに、傷つくことも多いし、義務だの、責任だの、失望だのでいっぱい。そうじゃないって言える？　私、間違ってる？　人生は短い。いいことがあったら……宛先があなたになっているプレゼントのように、誰かが目の前に現われたとしたら、あなたどうする？

「いいえ、結構よ」って言う？　彼に「あなたのお子さんのお母さんのところへお帰りなさい。彼女だけを一生愛しますと誓ったでしょう。お忘れ？　約束したのよ。二十年前、あなたは彼女に全人生を捧げると約束した。だから帰って彼女とテレビでも見たらどう？」って言うの？

一度彼が言ったことがある。これだけ長く一緒にいると、奥さんはもう妹みたいなものだって。あの人は、妹のように奥さんを愛し、それを一生続けなければならないのよ。そう約束したから。義務もあるし。あの人、人生がいかに短いものかと思って眠れなくなったりすることはないのかしらね。あの人は、心惹かれるすべてのことに背を向けなければいけないのよ。だって、二十一のとき、クルーカットの頭で、バディー・ホリーの眼鏡をかけて、隣にいる十八歳の女の子だけを愛すると約束したから。死が二人を分かつまで。

もう何日もよく眠っていない。あとちょうど三週間で、私は上の階の、以前の仕事に戻る。「トータル・リコイル」の任務は完了。それまで頑張れるといいけれど。それまでちゃんと、口をしっかり閉ざして、体が勝手に語り出したりしないようにできるといいけれど。ものすごく難しい。

私の頭はスライド映写機みたいで、夜通し、頭の中でかちゃかちゃ絵が出たり消えたりする。あの男。私に電話をかけて来ない男。でも私がオフィスに入ると飛び上がる。今か今かと待ってたみたいに。本当なんだから。あの人は、週に三回ブルーのシャツを着て来る。私のために。偶然、私の手を取る。私の話に耳を傾ける。沈黙が長すぎるような気がしたときは、咳払いをする。ランチのときに私が来るのを待つ。私が、道や部屋を歩くところを見ている。礼儀正しく私を見つめている。まるでそんなつもりはないかのように。「もうやめよう、ただし明日から」と思っているみたいに。

彼は財布に奥さんの写真を入れている。この状態から目を覚まそうと思って、写真を見せてほしいと頼んだことがある。私は言った。「ジョン」。そう。ジョンっていうの。分かったでしょ。で、私は言った。「ジョン。奥さん、とってもきれい。それにすごくやさしそう」。でもそれは嘘。どこにでもいそうな人だもの。それに写真は古すぎ。大学卒業のときの写真で、ヘッドバンドに外巻きカール。

夕方は、仕事をしていてもつらくなってくる。午後五時という時間、私たちは熱いかまどから吹き出る熱風に吹かれているみたいになる。私は溶《と》け始める。『オズの魔法使い』の西の国の悪い魔女が、ジュージューと溶けていくのを思い出して、こわくなる。邪悪になるのがこわい。あの男の目の前で溶けはしないかとおそろしい。だから私は、町の反対側でやっている子供のサッカー試合の後半を見たいから急がなくちゃ、とか何とか言いながら、ものを大急ぎで片付ける。そんな母親らしいことを言っている間、決して、決して、彼の目を見ないようにする。私の全身、どこを見ても「誘ってくれていいのよ」って書いてあるはずだから。でも、どうすることもできない。「あの人は結婚している」。一分ごとに私は自分に言う。「結婚している、結婚している、結婚している」。

彼は五時になると、立ち上がって私を見る。口数が少なくなる。手はだらんとなっている。その手をどうしたらいいか分からないのね。ペーパーウェイトを取って、握るようなまねをすることもある。ポケットに入れることもある。まるで手が急に巨大になってポケットに収まらなくなったとでも言うように、ぎこちない動き方をする。

彼は言う。

「楽しい夜を」

「ありがとう」私は言う。「あなたも」

「あんまり最高の夜でもなく。ただの楽しい夜を」

私はほほ笑む。彼は咳払いをする。

「何か特別な予定でも?」

「サッカー」私は言う。「今日の相手は、ブレスド・サクラメント・タイガーズ」

「勝てるといいね」

「ほんとに」

私は焦って、ものを落とす。今にも離陸してオフィス中を飛び回りそう。

「それじゃ、また明日」彼は言う。

「はい」私は言う。頷きながら、ドアへと向かう。

「何か忘れてるよ」彼は言う。

私が振り向くと、彼は、私がお昼に残り物を包んでもらった袋を持っている。チキンサラダ・サンドイッチの半分。まるで袋が燃えてでもいるかのように、それを彼から受け取り、走り出しそうになりながら、出口へと向かう。

「彼は二回、なぜかジェイソンの試合に現われたことがある。彼が来るかもしれないなんて、私に分かるわけないでしょ。なぜそこにいるのか、説明するのは大変そう。

でも別に説明しようともしないまま、ただ観客席の私の隣に座って言う。

「リードしてるのはどっち？」

ときには、彼はコークを買ってくれる。私たちはごくごくと飲んでしまう。それから、ただ氷が立てる音を聞くためだけに、濡れた手に持った冷たい紙コップを振る。

「スポーツが好きだとは知らなかったわ」一度私は言った。

「実はそうなんだよ」彼はほほ笑んだ。そして咳払いをして言った。「君の知らないことがいっぱいある」

「分かってるわ」私は言った。「私はね、自分の知らないことについては、勝手にでっちあげてるわ。ただ作るの。想像の中で。そうすればあなたに個人的なことを聞かなくて済むし、あなたは答えなくて済むでしょ」

彼は笑った。

「それでどんな感じ？　想像の中の僕の生活は？」

「いいわよ」私は言った。「うまく行ってる」

そのとき、タイガーズが得点した。あのチームにやっつけられそう。またしても。

私はよきスポーツファンでいようと思っている。子供たちには、気高い敗者となるように教えないといけない。でも本当は、どうせ気高く何かをするなら、負ける以外のことをしてほしいんだけどね。

でもたいていの場合、彼は奥さんの待つ家に帰る。仕事が終わると、まっすぐ。矢のように一直線に、生涯ただ一人の妻のところへ。キングサイズのウォーターベッドで、彼女とテレビを見る。私が思うに、奥さんはそこで、現実のこととそうでないことの区別ができるように彼を助けてあげているのだろう。あの人たちも笑うのかもしれない。彼はもしかして、誰を相手にしても人を笑わせる、おもしろい人なのかも。冗談ばかり飛ばしている人なのかも。分かったもんじゃないでしょ？

だから、夜、あの人のおかげで私が家まで飛ぶことになったからって、それのどこが悪いの？　だって私はベッドに横になって、些細《ささい》なこと、小さなことをいちいち頭のスライド映写機に入れているだけなのよ。人生は短い。でしょ？　それが彼の望みなら、中学生のサッカー試合を見に行ったって構わないはず。ここはまだ自由の国なんだし。彼はまっすぐ座る。彼は集中して見ている。帰る前に、隣人数人と二言三言、言葉を交《か》わす。

私は、夜、彼の家の近くを車で通るなんてことはしていないし、別に不適切なことは何もしていない。今のところは、だけど。クローガーの店で偶然会ったようなふりをすることもない。彼が土曜日はゴルフだと知ってはいるけれど、ゴルフコースの近くでばったり会うように用事を作ろうとしたことはない。これは、物理的に近くに行きたいとかいう、浅薄なこととは違う。全部頭の問題。少しの幸せのこと。ばらばらに崩れたり、接続が切れたりすることはないから、どこまで広げても大丈夫なの。ちょっとの想像に罪はないでしょ。

だから私を何とかして。

あなたの「死ぬまでにしたいこと」メモ

-
-
-
-
-
-
-
-
-
-

訳者あとがき

——解説にかえて

本書は、アメリカの作家、ナンシー・キンケイドの一九九七年に発表された八作の短編集『Pretending the Bed is a Raft』のうち、四作を収めたものです。

ニューヨークでこの本を手に取ったのが、スペインの脚本家・映画監督のイザベル・コヘットでした。彼女は、一編が気になります。何年も、その物語を映画にできないかと考え続け、あるとき、スペインのペドロ・アルモドバル監督の制作会社にストーリーを紹介しました。こうして、コヘットの脚本と監督による、映画『死ぬまでにしたい10のこと』の制作が始まりました。

「病気のことを誰にも言わずに、限られた時間を過ごすとしたら、何がしたいか。どうしたいか。現実には大変なことだが、主人公には豊かなときを過ごしてほしい」と語るコヘットは、原作の設定を大胆に作りかえました。

たとえば、映画の舞台は、カナダのバンクーバーです。小説は暑いアメリカ南部の話ですが、主人公アンのキャラクターのためには、どうしても雨や霧が必要でした。

また、登場人物には、小説にはないディテールが加えられました。新しい登場人物を見たキンケイドは、「この人物で、書いてみたい」と語ったそうです。

主役を演じたのは、監督に「彼女こそがアンだ」と確信させたカナダのサラ・ポーリーです。ポーリーは、「初めはアンの気持ちを想像しているうちにつらくなった。けれどもふと、くよくよしないのがアンだと気がついた」と語っています。

その言葉通り、アンにはどこかさっぱりとしたところがあります。余命二カ月と宣告されますが、誰にも言わないと決意し、仕事を続け、家族を支えます。秘密の時間を楽しみ、大きな夢を持ち続けます。人の悩みに耳を傾け、未来への希望を与えます。

映画のアンは、原作の小説ではベリンダと呼ばれます。ベリンダは、ただ日常に流されているようなところがあります。病気になったときには自ら、病気と戦わない、治療もしない、と決めてしまいます。

どこかはかなげなベリンダですが、ささやかな望みを、一つ、また一つと叶《かな》えて行きます。そのようなときを積み重ねる中で、彼女の人生は少しずつ輝いて行きます。

著者は、自身の作品について、次のように語っています。

「大切なのは旅そのもの。初めから教訓や結論が見えるものである必要はない。書きながら、読みながら探したい。探していたものは見つかるかもしれないし、見つからないかも

しれない。大事なのは探した過程」（二〇〇三年十月五日付ホノルル・アドバタイザー）

本書には、ベリンダのほかに、悩みの多い三人が登場します。大学教授のリチャード。ある女性との関係を続けたいのか、終わらせたいのか、はっきり決めることができません。

失意の中で暮らしていた女性、ケイダ。彼女はある日、偶然に人を助けます。その一日は、彼女の転機になるのでしょうか。

そして、経験豊富なはずの、ある大人の女性。職場恋愛に飛び込み、おおいに悩みます。

三人の悩みに解決は与えられず、ただ乾いた筆致でその経過だけが淡々《たんたん》と述べられていきます。

登場する女性たちはいずれもアメリカ南部の女性です。

そもそもナンシー・キンケイドも南部の人。「今よりもずっと南部らしかった」というフロリダ州タラハシで育ちました。

十九歳でアラバマ大学のアメリカンフットボールの監督と結婚し、子供を育てながら、アラバマ大学で修士号を取得しました。その後、モンタナ大学で創作を学びました。作家でもある講師は、「ブリーチした金髪の、アメフトの監督の奥さんが小説を書きたいのか?」とはじめは懐疑《かいぎ》的だったそうです。しかし、キンケイドの才能を知った彼は、出版社に彼女の作品を推薦しました。

キンケイドは一九九二年に『Crossing Blood』を発表。以来、作家として活躍しています。ノースカロライナ大学で創作を教えていたこともあります。

最初の夫とは離婚。独身生活を経て、一九九七年に再婚しました。夫はアメフトの監督で、ハワイ、アリゾナ、テキサスの各大学やプロを経て、現在はサンノゼ州立大学のチームを率いています。

監督の妻というのは、本書の「地面に叩きつけられたときに起き上がる方法」の主人公のように、気苦労の多い立場にいるのでしょうか。関係者は、試合や大学内の政治に振り回されるものであるようです。また大学アメフトへの地元の関心は大変に高く、キンケイド自身は、常にファンやメディアにじっと見つめられる生活だと語っています。

このような経験を存分に生かし、キンケイドは、よく知っている南部の女性や、アメフトの世界を描き続けています。現在までに、本書のほか、長編を四作と評論を発表しています。

一〇〇字書評

切り取り線

購買動機（新聞、雑誌名を記入するか、あるいは○をつけてください）

□（　　　　　　　　　）の広告を見て	
□（　　　　　　　　　）の書評を見て	
□ 知人のすすめで	□ タイトルに惹かれて
□ カバーがよかったから	□ 内容が面白そうだから
□ 好きな作家だから	□ 好きな分野の本だから

●最近、最も感銘を受けた作品名をお書きください

●あなたのお好きな作家名をお書きください

●その他、ご要望がありましたらお書きください

住所	〒				
氏名		職業		年齢	
Eメール	※携帯には配信できません		新刊情報等のメール配信を 希望する・しない		

あなたにお願い

この本の感想を、編集部までお寄せいただけたらありがたく存じます。今後の企画の参考にさせていただきます。Eメールでも結構です。

いただいた「一〇〇字書評」は、新聞・雑誌等に紹介させていただくことがあります。その場合はお礼として特製図書カードを差し上げます。

前ページの原稿用紙に書評をお書きの上、切り取り、左記までお送り下さい。宛先の住所は不要です。

なお、ご記入いただいたお名前、ご住所等は、書評紹介の事前了解、謝礼のお届けのためだけに利用し、そのほかの目的のために利用することはありません。またそのデータを六カ月を超えて保管することもありませんので、ご安心ください。

〒一〇一―八七〇一
祥伝社文庫編集長　加藤　淳
☎〇三（三二六五）二〇八〇
bunko@shodensha.co.jp

死《し》ぬまでにしたい10のこと

初めて人生を愛することを知った女性の感動の物語

平成18年７月30日　初版第１刷発行
平成19年12月15日　　　第４刷発行

著　者　ナンシー・キンケイド
訳　者　和《わ》田《だ》まゆ子《こ》
発行者　深澤健一
発行所　祥《しょう》伝《でん》社《しゃ》
東京都千代田区神田神保町3-6-5
九段尚学ビル　〒101-8701
☎ 03（3265）2081（販売部）
☎ 03（3265）2080（編集部）
☎ 03（3265）3622（業務部）
印刷所　萩原印刷
製本所　ナショナル製本

ISBN4-396-33300-5　C0193

祥伝社のホームページ・http://www.shodensha.co.jp/

祥伝社文庫

桐生典子　わたしのからだ

骨、心臓、子宮……あなたの知らない闇の中で息づいている体のパーツ。非日常へ誘《いざな》う、奇妙な感性の物語

田中阿里子　のたりのたり春の海

師を失った心を、荒れ果てた土地に準《なぞら》え〝蕪村〟を号とし、芭蕉に傾倒して放浪の旅に生きた俳人。

新津きよみ　決めかねて

結婚する、しない。産む、産まない。別れる、別れない…。悩みを抱える働く女性3人。いま、決断のとき。

新津きよみ　かけら

なぜ、充たされないの？　恋愛、仕事、家庭——心に隙間を抱える女たちが、一歩踏み出したとき…

乃南アサ　幸せになりたい

「結婚しても愛してくれる？」その言葉にくるまれた「毒」があなたを苦しめる！男女の愛憎を描く傑作心理サスペンス。

乃南アサ　来なけりゃいいのに

OL、保母、美容師…働く女たちには危険がいっぱい。日常に潜《ひそ》むサイコ・サスペンスの傑作！